VIDAS E MORTES
de
ALBERTO CAMILO

REIVANIL RIBEIRO

VIDAS E MORTES de ALBERTO CAMILO

ns

São Paulo, 2024

Vidas e mortes de Alberto Camilo
Copyright © 2024 by Reivanil Ribeiro
Copyright © 2024 by Novo Século Editora Ltda.

EDITOR: Luiz Vasconcelos
COORDENAÇÃO EDITORIAL: Silvia Segóvia
PREPARAÇÃO DE TEXTO: Viviane Akemi
REVISÃO: Marsely De Marco
         Adriana Bernardino
PROJETO GRÁFICO E DIAGRAMAÇÃO: Dimitry Uziel
CAPA: Dimitry Uziel
IMPRESSÃO E ACABAMENTO: GRÁFICA PLENA PRINT

Texto de acordo com as normas do Novo Acordo Ortográfico da Língua Portuguesa (1990), em vigor desde 1º de janeiro de 2009.

Dados Internacionais de Catalogação na Publicação (CIP)
Angélica Ilacqua CRB-8/7057

Ribeiro, Reivanil
   Vidas e mortes de Alberto Camilo / Reivanil Ribeiro. – São Paulo: Novo Século, 2024.
   192 p.: il.

   ISBN 978-65-5561-890-7

   1. Ficção brasileira I. Título

24-3956   CDD B869.3

Índice para catálogo sistemático:
1. Ficção brasileira

GRUPO NOVO SÉCULO
Alameda Araguaia, 2190 – Bloco A – 11º andar – Conjunto 1111
CEP 06455-000 – Alphaville Industrial, Barueri – SP – Brasil
Tel.: (11) 3699-7107 | E-mail: atendimento@gruponovoseculo.com.br
www.gruponovoseculo.com.br

A Machado, Guimarães e Chaplin.

Acordei de novo, de súbito... havia amuos e lamentos leves, mas apenas dentro da minha cabeça. Ela soava o caos, eu respondia calado. Era uma frente de semelhante potência. Minha cabeça sussurrava algo, muitas coisas, no fundo. Não parava, eu não compreendia direito, e daí era melhor passar a prestar muita atenção, quando menos na fase da consciência, com intento de entender o fluxo pelo menos a partir de seu fim. A partir de para onde ele se dirigia. Preguiçoso.

Constatei a quentura árida das mãos e, mais uma vez, a quentura da testa. Tudo doía de novo. Acordar com febre, a propósito, era um hábito do meu corpo há anos. Isso não podia significar algo tão bom assim, vocês hão de convir. Acordar cheio de dores, calafrios e febril, sintomas fantasmas para um fantasma — era algo a ter esta lógica. Uma lógica por demais transcendente, se pusermos em devidos termos conhecidos. Enfim, consultados vários médicos (sempre caros: era uma conspiração também?), havia a explicação-base do trauma cerebral. Remédio, que era bom, nenhum. Uma pena. Mas eu já me havia acostumado.

Por quê? A vida real não era uma... matemágica, lógico. Matemágica aplicada (e bem), a lógica mais inaplicável na realidade crua explica os seus lances futuros, com lastro no que neles já é presente e... estupidamente eterno, eterno tal qual uma sequência finita, mas em hipótese... não. Os termos numéricos não são variáveis concorrentes para estabelecerem-se valores isoladamente, de modo próprio, cada qual — isso se chamava livre-arbítrio. Embora nem todos assim chamassem. Vocês são livres, enfim, para nomearem errado o que quiserem. Os numerais não querem discutir a relação ou o que valem nesta equação chamada mundo (dinho). Eles concordam, é lógico, conquanto depois de muito sacrifício intelectivo.

Minha vida real era simplesmente uma absurda continuação, não se sabia de quê. Era o segundo tempo estranho e frenético de um jogo a prometer, agora... não ter fim. Em compatibilidade ao fato de não ter tido começo, em tese. Parecia assim. Parecer é uma lei da mente.

Não ter fim. Cacilda. Um resumo meu, em detrimento de meu passado, meu histórico pessoal. "De mim", pelo menos, eu não tivera fim.

As malditas dores e a febre, que eu tinha quase toda vez, me faziam acordar — faziam-me levantar a todo vapor. E levantava ereto, feito uma máquina já quente, no ponto. Dores na máquina, ilusão humanoide, lembre-se do que é.

Lembrando de me lembrar. Quantas vezes eu havia despertado num pulo, então, como daquela minha "primeira vez"? Durante aqueles anos, os anos seguintes "àquela noitinha" na qual eu acordara da morte, perdido no meio do mato — nesse entretempo todo, eu despertara um sem-número de vezes. Ou de madrugada, para não dormir mais o resto do dia, ou de manhã cedo, antes de qualquer despertador ou celular me haver clamado para eu desligá-lo já. Tarefa maquinal na qual a máquina precisava de pessoas a acordarem em tempo preciso.

Quantas vezes, em tantos anos, eu acordara sentindo o que sentira quando havia acordado sozinho e coberto por folhas e formigas, bem afastado de São Paulo? Dores. Façam as contas e a estimativa estará lá. Ela não me deixará parecer exagerado sem auxílio dos numerais.

Quantas noites e meias-noites eu não me levantara da cama como daquela vez, quando me erguera do colchão de areia e de folhas verdes e secas? Levantara-me de um túmulo aberto, quase literalmente. Naquele mato isolado. Daquela cova. Quantas... como daquela "primeira vez"?

Sentindo exatamente o mesmo, creio eu — febril, sim, dores na cabeça (dores) e no corpo. Sobretudo na cabeça. E o vento úmido no rosto, galhos e insetos vez ou outra rondavam e caíam nos cabelos e sobre as pálpebras. Eu a renascer ali, do meio do mato, do nada. Sei lá! Confuso e quase morto, quase a desfalecer, inclusive por dentro. Nascendo por um milagre sem fim.

Ali estava a metafórica explicação de minha sucessão de inícios tantas vezes por semana. Quanto anos tinham se passado desde aquela noite? Nem tantos. Benditos ou malditos anos e meses. Renascer este tempo todo? Vai ser milagroso assim no...

Eu poderia me esquecer de tudo, menos das dores do parto, do meu mesmo — e elas, as dores, foram todas minhas. Talvez seja um nascimento consciencioso e piedoso, mas a autonomia de origem tem os seus malditos encargos. Uma dor aguda e inesquecível, quando menos fosse algo inesquecível no lusco-fusco da minha memória reativada. O resto era o pesadelo de um morto — acordar, sim, mas a sentir as dores de morte a terem me vitimado, quem sabe. Para sempre? A putrefação lenta, gradual, terrível, porventura fosse a próxima etapa, a próxima amargura? E, na sequência — ora, haveria neste mundo, por fim, algo mais vazio do que se sentir um esqueleto, depois daqueles anos todos a ter dores de cabeça de matar e a apodrecer vivo?

Dores fantasma, ventos fantasma. Até aranhinhas fantasma a passearem pelo chão. Não era tão fácil.

Eu era hiperbólico e melodramático, mas fazia sentido. Ou seja, fazia sentido se tomarmos o fato de eu haver estado ali, no meio do mato, à noitinha, cercado de morcegos lá no alto. Ou fossem suindaras? Uma coruja? Cobras não faltaram, e a sorte era na região, pelo jeito, não haver cobras de grande calibre, uma sucuri, por exemplo. Não havia pelo menos o risco de eu acabar envelopado a couro.

Eu já tinha visto uma sucuri de 12 metros. Na internet, claro.

Peraí: já tinha visto?

Eu?

Parecia. Talvez, sim. Eram nebulosidade e lusco-fusco também por dentro.

Surgira-me a frase, contudo a imagem... não. Deus, como eu posso confiar em mim assim? Tiraram o meu vídeo, ficou o áudio?

Eu estava febril naquela tarde, naquele anoitecer, naquele entardecer, jogado para morrer no meio do mato. Eu via as imagens distantes, amortecidas, anuviadas pelo esforço energético de meu corpo em me manter pelo menos consciente, mesmo se de tela turva. As pernas, inchadas, o braço, esfolado. Feridas já de casca pré-pronta. Uma arranhadura feia na perna, sangue seco. O que estava fazendo ali, caído... no meio do nada? Que sucedeu aqui? Quem me mal matou?

A nuca doía grave sem parar. Latejava em picos irregulares. Qual o próximo? Nem quisesse saber. Foi aí que me ergui e fui cambaleando para longe. As têmporas não davam folga, estamos aqui, morrendo, estamos aqui, morrendo. Agora, não; agora, sim; agora, não; agora... tchau. Alguma coisa explodiria dentro do crânio, acho que era eu. Infelizmente, eu não tinha controle remoto para apressar o processo e... adeus.

Uma broca?

Um dia, eu acordara-não-sei-como no meio de uma relva, cheio de folhas verdes e secas, pedaços de casca de árvore, abaixo de um barranco. Pelo jeito, havia rolado até lá, lá de cima. Uma bela queda. Era isso. Nas árvores acima, muito movimento e algumas asas, aranhas cruzavam perto dos meus olhos. Havia chovido, as poças de lama e água ao redor não mentiam, a natura tinha sua moral. Formigas caminhavam ao lado, e sobre mim, em filas organizadíssimas, queriam me levar para o jantar, de qualquer jeito, nem se morto, seco e podre. E aos pedaços. Elas prosseguiam, então, em sua ronda de espera, em ameaça flagrante. Até os urubus se cuidassem. Acima, a coruja ou o morcego se agitava no começar da noite. Adiante de mim... um cachorro de pelagem branca e marrom. Um cachorro felpudo, franja, olhos pretos, e nem se os viam, na verdade. Deviam ser pretos. O bicho estava interessado em mim e parara de latir agudo quando me mexi, pelo jeito. Obrigado, isso dava uma folga na piora dos latejos na cabeça insuportáveis. Mas logo ele voltou a latir, e uma sirene na minha cabeça tentava gritar mais alto. O cachorro tinha a boca meio aberta, todo um interesse pelo estranho nele. Farejava de longe, enquanto abanava o rabo. Arriscava, no máximo, aproximações de narinas em minha direção, vez ou outra, seguidas de rosnados breves. Os rosnados terminavam em guinchos caninos a avisarem que eu estava no lugar errado. Até um cachorro percebia isso! Idiota! Levante-se daí. Senão você estará ferrado. Ou eu?

Eu caminhava e a nuca parecia independente de mim, parecia em carne viva, enquanto os latidos sumiam lá ao longe. Antes a nuca fosse independente e se apartasse, doía mais que tudo.

Pois é, mais uma vez forçado a me lembrar de meu passado, não só aquele vívido em mim, por força de minha imaginação dalgum milagre a mais. Lembrava-me de novo dos fatos exatos, dos fatos reais do meu "nascimento". Dos eventos acontecidos a mim naquele entardecer do meu primeiro dia. Eu nascera no lusco-fusco de lugar nenhum, saíra daquele buraco de mata cerrada já andando e ia para nenhum lugar, contudo precisava contar o que havia acontecido e eu não sabia o que havia acontecido.

Como o bicho enxergava com aquela franja? Um dia de mistérios.

Sou um tanto obscuro nas introduções, algumas vezes. É um costume. Bom ou mau? Você arriscaria? Ele porventura me peculiarize, quem sabe me empobreça, oxalá, me abrilhante. Sem dúvida, me oceaniza. Provavelmente faça me perderem de vista, ansiosos por cruzarem minhas águas, mas eu posso me afogar, imperturbável em minha natureza ríspida e sem controle.

A narração descritiva conta mais claramente: saí daquele bosque, daquele matagal de onde escapei da morte por milagre qualquer, e, de repente, vi uma casa vazia. Deveria ser a casa dos donos do cãozinho da franja. Era uma habitação tosca de madeira escondida na mata; estava vazia. Pus a mão na nuca e pareci ter morrido, agora, sim, desfazendo o trabalho do meu organismo alquebrado. Meu corpo vinha mal e mal em tentativa de cumprir o cronograma de regenerações, a fim de me manter ainda vivo, ainda na ativa, febril, fervendo. Tudo anuviado e a rodar à frente, e vivo. A cabeça a rodar e eu em linha reta, rumo a uma história que só eu poderia contar, desde que eu a terminasse antes de ela... a mim. A criação, a narração contra o destino?

De novo, já na estrada, eu seguia em frente. Doía por inteiro, consciente de tudo o que eu era, o corpo. O resto apenas pensava ser outra coisa, superior, estar por cima. "Ai!", doía. Acima era esperança de não dor.

Tentei limpar um pouco do sangue seco nas poças d'água, não deu.

Fui parar no hospital público mais próximo (encontrei o lugar depois de andar um dia inteiro e contar com a piedade de um cego, até ele sabia mais do que eu sobre a região). Lá, na cama branquinha do hospital, eu continuei a morrer, agora sob assistência e supervisão médica para pobres da periferia de São Paulo. Eu iria morrer, mas era normal — o refrigério com que eu poderia contar. No mais, estava rodeado de vítimas da saúde pública. Seríamos como irmãos, um antídoto contra o medo, se não contra a dor e a maldita morte, dali a algumas horas. Cada grito daqueles infelizes ao meu redor, abafado ou não, era um adeus. Percebi isso daquela enfermaria, captei. Tudo era transitório, frágil, doente. Pior, era sem cura. O ambiente ensinava esta dura lição como nada mais ensinaria.

Lancei meus gritos também... e fiquei por cá ainda. Ah, dúvida.

Não tinham morfina. Que bom, um vício e um viciado a menos. Simplesmente não tinham morfina. "Nem isso tem nesta espelunca?" – gritei formalístico. Eu gritava bem, aprendi.

Curioso, nessa hora, pensei em, talvez, começar a me masturbar, em favor de juntar uma bela coleção de adrenalina, endorfina e dopamina excretadas em jatos, quase ao simultâneo. Todas em conflituosa junção, em regiões cerebrais variadas. Sua superdosagem conjunta me daria plena sensação de esvaziamento. Meu cérebro se iria por momentos, o corpo consciente daria tchauzinho para ela, a mente, aliviado daquele peso da consciência. A mera mente reta não oferecia atmosfera para um salto tão alto? O corpo trataria de correr e saltar atrás de algo maior, o que haveria acima da consciência, senão o que não coubesse nesta?

Seria meu bigue-bangue em jatos, todo um mundo (mente) novo criado (resvalado). O bigue-bangue na minha versão, modesta, contudo... quente. E eu lá, feliz, pacificado, a ver minha mente ir longe, feito um que fizera seu maior trabalho. Sorriso estampado na cara, a satisfação malemolente dos músculos envolvidos em "santa endorfina". Eu estatelado na cama e bastante satisfeito. De repente, eu ali, sem parar, uma, duas masturbações... em sequência, continuamente, em superação de qualquer *guy* de 16, *hors-concours* de qualquer torneio do tipo. Qualquer coisa me estimularia. Qualquer coisa... bonita. Feminina. De quadris largos. Convidativos. Não, o essencial genérico ainda estava muito bem-guardado em mim. Vamos ver... a enfermeira morena da entrada, por exemplo — ancas boas, bons remelexos, dona!

Eu estava morrendo, de dor também... e ainda reparara na enfermeira, vejam o vício. E notem a importância dela, ela estava na fila da frente da minha plateia: tinha sido tão doce, agradecido. Isso significaria alguma coisa, um envolvimento. Ela me salvaria também de outro modo. Obrigado, morena. Eu... morreria feliz e, ao mesmo tempo, preservaria a dignidade, o orgulho. Morreria insubordinado, desrespeitoso, rebelde, irreverente, de pau na mão. Findaria malicioso, satirista, gozador. Pingaria esperma, eu me acabei, mas acabei antes. Não haviam errado o diagnóstico, já era algo.

Enquanto eu quase morria de dor à espera do lote de analgésicos, compreendi em parte minha situação, em termos médicos — eu estranhamente não os entendia mal, constatei isto ao ler um manual de enfermagem roubado por mim da mochila de uma estudante (mandaram uma não formada para cuidar logo da minha ala; o serviço público tinha suas improvisações). O lido fazia sentido, um sentido baço, verdade, deviam ser meus olhos.

No fim, eu tinha um baita buracão de bala bem na cabeça. Era um verdadeiro túnel no meu crânio. Tragam o fentanil e a codeína, todo o carregamento. Traz já! Eu quero barris, tonéis. Traz uma coca também, todo pó terminado em "ina" é pouco, na situação. Cabeça furada era grave, pessoal. Meus receptores mu e delta gritavam aqui dentro e só iam parar quando dormissem ou morressem. Fossem rápidos.

O projétil entrara pela testa e saíra pela nuca. Estava bom para vocês?

Os miolos porventura ejetados haviam levado consigo toda a minha vida. Curioso. Poderiam ter sido os piores miolos?

Os que haveriam de se lembrar de minha morte, da minha cessação, dos instantes finais? E os incapazes de apreenderem diagnósticos médicos somente após leituras de livros técnicos acerca do assunto? Eu torceria, estava a torcer. Sobreviver era um sacrifício terrível. Por vezes, maior ao sobrevivente.

Não, não doía à toa. À toa, talvez, estivesse eu ali, ocupando vaga de um cadáver disposto a durar talvez um ou dois dias a mais do que eu. Eu ia falecer em algumas horas, achei. Assustado, de súbito passei a pensar freneticamente em como haveria de ser possível tapar-se esse buraco na minha cabeça, uma concretagem de emergência, uma sutura-milagre. Só ia me salvar mesmo na invenção, na fantasia, nas emendas abstratas e teóricas, em hipótese. Passei a colecionar muitas hipóteses. A cabeça funcionava, sim. E ia rápido. E bem. Ao infinito, em velocidade da luz — o céu realmente divino.

Eu me contava histórias, narrava-me a vida anterior. Chegava até a ter sobrevivido, não à toa, segundo alertava minha autoestima, sustentada pela relevância dos raciocínios e pela elaboração fina dos pensamentos.

Eu sentia estar a pensar de verdade pela primeira vez, num outro corpo. Habitava outra identidade (indefinida, eu teria de escolher um nome para mim, sentia isso) e era dono de uma cabeça furada. Eu e você, Saint Michel, sabemos o quanto a consciência dói, se furada.

Melhor realmente não morrer ainda. Eu era outro e o mundo não era. Acredite nisso. O mundo, eu o entendia genericamente. Bastava passar um olho pelas pessoas e suas manias, suas restrições, suas manhas. O mundo e a sagacidade oculta da mídia, sua negatividade conspiradora, frustrada diante de um topo que ela mesma poderia derrubar para ninguém ocupar esse topo e, desse modo, o signo, o símbolo de sua força ficar consignado no trono. No *top* vazio a ser ocupado tão somente pela projeção de perfeição de base "contrastual" em relação aos membros descriativos dela, mídia.

O mundo dos homens e de suas conversas de fundo sexual, de sua imperiosidade agressiva, de sua disputa infinita por prevalência recíproca, de sua crueldade de deuses mortos (levariam uma vidinha mortal inteira para retaliar sobre o mundo; ele, afinal, lhes aprontara esse "desempoderamento" impensável). O mundo e suas escolhas, e sua covardia, e suas maravilhas, da natureza das árvores e dos cachorros de franja (à espera de serem amansados mediante os velhos nacos de carne ao fogo, conforme a tradição, a de tempos imemoriais, do começo de nossa aliança interespécies). O mundo e seus ventos gelados, vindos da zona da morte. Ele e sua tecnologia a instrumentalizar mais e mais ocultações. O mundo era uma rede de livros conhecida, e eu era o desconhecido mais agudo, mais exorbitante, mais dramático e inatingível. O desconhecido até de si mesmo. Éramos antagônicos e, por isso, eu seria o que quisesses. Não estava mais subordinado às rédeas do puramente conhecido.

Perguntaram muito no hospital. Primeiro os médicos, depois os policiais, depois ainda os enfermeiros, um tanto enfadados, é verdade, e curiosos, no fundo — quem eu era? De onde essa *p* vinha? Os dados básicos, nada de muita exigência. Eu estava sem documentos, não tinha uma foto, sem carteira, sem cartões de crédito, sem *chips*, sem cheques, sem um papel mal anotado nos bolsos, sem um nome na cabeça, sem uma coleira, sem nada, sem dinheiro. Eu nascera pela segunda vez e dessa vez... até o nome eu teria de arranjar sozinho. Era bom me apressar, não haveria de ter tanto tempo assim para uma próxima identidade, dizia-me isso aquela minha cara de uns 40 e tantos. Meu Deus: além de tudo, velho.

Eu nascera inocente, um buraco de bala na cabeça, um tanto sujo de terra, um *jeans* novo, barba por fazer. Mas a completude, então, se insinua, de mera compensação, mero consolo à vida, porventura — e vejo daí a lógica fulgurante de minha trajetória, desde quando havia acordado. Eu era nada lá, e nada era cá — o nada era tudo o que eu tinha e, aqui, pelo menos um bom terreno para se preencher com algo a estar à altura de tamanha ausência. "Tudo" era uma bela opção, simetricamente elegante. De vez que eu tentaria — e percebam um método seguro de eu haver sido e ser grande o bastante para caber em minha identidade, em meu passado. Sempre a serem recém-construídos.

Meu passado estava em uma nuvem, eu caíra dele e dela. Eu deslizara do passado direto à terra. O presente renasceu daí, quando abri os olhos, e, lembrado da recém-queda pelas dores no corpo, disse, num repente estranho — Perdi aquilo tudo?

Perdi o que, mesmo?

Não sei, porém vou estar à altura desse sumiço, quer dizer, do branco total. Da nebulosa remanescente, postada no lugar de uma estrela que simplesmente fugira. Talvez, ao futuro e, talvez, nem tenhamos uma supernova. Vai ver eu seja o destroço sobrevivente do próprio colapso ao se reconfigurar humildemente, escondido, saindo de fininho do cenário. Tal qual um simples destroço.

Cadê eu? Meu rosto nos espelhos, ao longo da rua, depois de sair do hospital — eu não me conhecia também. Estranhamento e uma leve decepção eram inevitáveis. Não se lembrar de nada, lembro bem disso. E pensei comigo, pode ser temporário. Fizesse eu por valer o restante do tempo, em favor de ter uma vida reconstruída a partir daquela minha ingênua inocência? Tendo, daí, meu passado assegurado a cada pormenor?

Talvez seja o ideal paraíso à consciência. Você simplesmente ser outro, noutro tempo. E, não?

O cara acordar reinocentado das dívidas anteriores, por uma transmudação absolutamente perfeita de identidade, uma troca não percebida sequer pelo próprio indivíduo, essencial.

Perdoem-me os verdes, mas voltar reconfigurado no formato de um legume não ia ser saudável. Se bem que — sim, para a dona de casa do supermercado, contrapesando as cores minhas e de meus colegas de prateleira. Ou quem sabe para o coelho a me ralar e comer no meio do mato.

Voltar na forma de um anonimato genérico era de baixo patamar, mandem a real. Voltar à vida como espírito de uma lufada de ar perdida no vento, por exemplo, ou, então, igual ao "Alexandre em Pó", de Hamlet, ressurgente na forma de argila, no tampão daquele barril de cerveja do qual falava o príncipe cavernoso — ideias vaporosas, inconstantes, que quase não se retêm nem mesmo nesta possibilidade metafórica.

Certo, haveria outras probabilidades, outros jeitos. Decerto, outra grande chance reconhecível, tal qual uma reencarnação, ou melhor, uma "reespiritualização", ou "realmação" — o corpo ficou e a alma, veio outra mais nova, uma zero-quilômetro, pode-se dizer. Isso é levar o senso de economia ao além, às sobrenaturezas deste mundo. Mas se deveria mudar na prática exatamente o quê? Ham? O pecador necessita de um relatório de erros, após um escaneamento razoável, a fim de se evitarem os mesmos... erros. Viessem outros, por força de se prezar ao menos o ineditismo estético dessa nossa tragédia.

Nada mesmo. Zero, conjunto vazio. Lembrava-me de algumas coisas, das palavras, eram tantas palavras! Saíam aos borbotões para eu não me esquecer. Nenhuma delas tinha um tempo específico. Elas criavam seu tempo, em geral, tanto quanto haveria eu de ter de fazer, auxiliado justo por elas, sem dúvida. Além, me vinham à cabeça muitos lances de cultura, trechos de livros, livros inteiros, página por página, personagens de ficção, mulheres lindas, que bundas lindas, algumas eram atrizes de filmes pornôs, achei, outras... bem que poderiam ser. Lembrei-me de mim traçando algumas, que cenas. Eu olhava suas nádegas perfeitas, elas de quatro, eu olhava a cena enquadrando-as em espelhos de motel. Dava notas ao corpo delas e ao meu desempenho. Eu não parava de avaliar sem nexo e aí caprichava ainda mais nas metidas furiosas e fundas, a fim de ver se tirava um pouco uma folga dessa condenação narcísea e... entrava em cena, propriamente, como ator, exclusivamente. E isso era muito bom.

Ressaltava-se dessa teia de fragmentos pornôs, em especial, aquela morena perfeita — aquela, segundo os *flashes*, benditos fossem. Eu me lembrava dela em várias posições. Devia ter conhecido aquela morena um bocado de vezes, ou seja, conhecia muito bem, toda semana. Numa certa tarde de não sei quando, não ousem perguntar, eu e ela estávamos num motel de não sabia onde, mas estávamos esparramados na cama muito bem. O quarto era cafona, em vermelho-motel, e tinha um adereço em forma de rosas bem em cima da cama giratória. Meu Deus. Eu era pobre! A vida é boa, se a mulher também o é — a bunda e os seios bonitos justificam uma vida. Eu me recordava igualmente de sequências numéricas, vejam só, do Trilema de Epicuro a me guarnecer dos limites até mesmo do que fosse sobre-humano no humano. Sim, dúvidas altamente filosóficas até no meio da... enfim, putaria? Talvez, à espera de eu mudar de vez e, desse jeito, terem elas vez no espírito largo e bêbado (dobrado) de, quem sabe, um ferino pragmático, um gozador claudicante, um obtuso e abstruso intrujão bastante epicurista, de novo. E um tanto medroso quanto a parar para pensar e ter por encargo salvar o mundo. Uma tarefa para mais de uma vida. E lá iria eu, no tentame, a exemplo de tantos outros — de ser Deus. Uma onisciência onipotente, sim, a fim de obter esse mercado.

Eu tinha alguns *flashes* esquisitos. Cenas difusas pela iluminação exagerada. Essas cenas me avisavam do quanto a lacuna geral seria de fato grande, impressionante e promissora, caso fosse capaz de explicá-las por inteiro. Relâmpagos mnemônicos, eles surgiam quando eu estava deitado e calmo, preguiçoso e leniente, tal qual um cachorro de franja, ou não, a saborear o vento da tarde, certo de que a tarde se arrastava, agradável, e a comida o esperava nos cantos do quintal ou nos becos da cidade. Os quintais da selva de ferro.

Essas eram cenas difusas e rápidas. Um videoclipe estupendo e enigmático. Cacos de sentido e narrativa, a vida a contar como tudo foi, todavia, apenas aos conhecidos. E você não estava na lista. Sentidos seriam definidos pela nova vida, até em retaliação? O fato era, você estava lá, de fato, naquela película muito doida — estava em todas as cenas, desde os *trailers*. E deve ter ido bem naquele filme.

Cenas, cenas, cenas, soltas, não. Presas, sim. Presas a uma história desconhecida, por acaso eu próprio — eu via minha vida em exposição aleatória e me lembrava das cenas, não de mim. A vida crescia nas sombras de seu esforço por sempre rastrear, em suas raízes, caules e nervos do córtex cerebral; uma particularidade, aqui e ali, respeitante a um inacabamento crescente, potencialmente extraordinário, também, a ser, entretanto, bastante auxiliado pelas estruturas já amadurecidas. Estruturas a crescerem de forma contínua, pois, então.

Quem era eu mesmo? E você aí, mano?

E eu sabia? Restava a mim uma coisa, eu havia me tornado genérico. Um refrigério do meu tamanho existencial: quem sabia quem era?

Eu era um pormenor, consoante esta escala de valores.

Sabia algumas coisas, nem todas boas. Algumas, ótimas. Sabia muitas palavras, muitos livros de cor, ler e escrever, tinha um notório conhecimento de religião e História, vejam vocês, vige! Deus, que história era essa? Eu calculava e enrolava sequências, células musicais, inclusive dormindo, e chegava a ótimos resultados. Curioso, eu era um brinquedo de potencial. Este cabedal era reenriquecido e vitaminado mediante algumas recém-leituras em bibliotecas públicas.

Vou explicar.

Depois de sair do hospital, onde o orifício na testa foi tratado, onde o rombo na nuca (não posso nem ver!) foi remendado e onde a recém-infecção perto do bulbo raquidiano foi controlada — fui trabalhar numa biblioteca, mais precisamente, numa empresa de limpeza terceirizada servente à biblioteca, a Esurb (brr). Indicação dos médicos do Hospital Clayton Crispim. Eles sentiram pena de mim, sobretudo o doutor Calmo (na verdade, dr. Oliveira Andrades). O doutor Oliveira achou meu caso de valor. Eu era um milagre neurológico, aprendendo coisas, na verdade, tudo, em tempo inacreditável. Tinha outro jeito? Eu era meio chato nas perguntas, contudo fazia valer a pena. Eu tinha minhas ambições, chegava a tecer teorias complexas a partir de pouquíssimos elementos. Era do que eu dispunha. No mais, inventava a verdade em sua versão acima da quotidiana, a realidade. Eu criava o mundo e ia além — o paraíso estava ao fim, não na gênese. Eu era uma biblioteca em formação para um sábio em formação — e ocupava pouco espaço, é verdade. Eu era um móvel curioso na sua sala, vivo e a se mexer muito pouco, sempre pensando naquela velha pose da escultura do Rodin mesmo. Quem era eu? O que estava fazendo ali?

O germe da filosofia era o espaço entre o tempo e minha não vida. Eu era um tipo de biblioteca de Kien, de Canetti, também, manos. Eu era um cérebro ressuscitado por força de se imaginar ressuscitado, isso estava em poucos casos dos anais. Meu cérebro estava vivo e era bem convincente em provar, porquanto não tinha mais tempo. Criava o tempo, auxiliado pelas... enfim. Eu estava morto; minha mente, não; curioso, não acham? Não? Sua mente... vai mal.

Bom, novidades: descobertas todos os dias as minhas novas novidades, inclusive por mim, e refrescada minha memória erudita, pulei de faxineiro a bedel numa universidade particular, perto da avenida Ibirapuera. Não foi um pulo tão imediato assim, é verdade. Eu ensinava bem nos intervalos, aos alunos e até a alguns professores, e decidiram me promover. Só sabia que tudo sabia — menos algumas coisinhas fundamentais.

Dava para ler bem mais e eu li bem mais. Ganhava pouco e a biblioteca da universidade me dava altas lições filosóficas e raras compensações de entendimento sociológico, estatístico, matemático e histórico. Tudo, por exemplo, para eu compreender a minha própria situação, bem lastreado na experiência (em Brasil) dos especialistas.

O salário não, mas o mundo é um colosso, viva dele, aprendi firme naquela biblioteca, o mundo pode ser seu, então, deste gabinete. Mesmo porque... infelizmente pouco se dava oportunidade real ao talento real no Brasil, lição dura e real também aprendida nos livros. Nesse caso, nos textos brasileiros, em especial naqueles que ninguém mais lia. O primordial era se adaptar e se enturmar, vi. Era uma das tradições nossas, cada um daqueles autores dos livros, bravos, reclamava e reclamava cheio de verborragia e veemência, prolixidade resumida e ótimos *insights*, com pitadas de retórica inacatável. Eles reclamavam, em belos torneios de frase e praticamente em caixas-altas, de não serem lidos. Dava de fato vontade de gritar, de gritar ressentido. E também de gritar agudo, percuciente, ao longo das páginas, as justificativas para todo aquele alto desconhecimento — os livros pelo menos saberiam, melhor que ninguém, porque não eram lidos e o segredo fosse sua nova força, vai ver. Era uma pena. Cultura no Brasil era feita pela mídia e suas tendenciosidades de propaganda e venda. Uma solução imediata a perdurar ao longo dos quotidianos, por falta de espaço, basicamente, para outras propostas.

Olha, vencer os livros, a cultura erudita, elaborada, as universidades, os anais, provar a propaganda ser o meio mais rápido e eficiente de você se enganar acerca de conhecimento — isso não era fácil, era uma cultura por si só e merecia uns tapas, uma palma na outra em aplauso final. A casca vazia era quase sempre uma prioridade estrutural e tínhamos uma coleção de *expertises* um tanto voltadas apenas à... trapaça. Esta era a nossa cultura, por ora. Era aceitar e engordar com cuidado.

Era uma cultura casca-fina, no fundo, um apoio, um verniz, uma demão rala. Uma superfície a vangloriar-se por estar... por cima, conforme prediz a acepção do vocábulo. Parabéns, enfim.

Como tinha sido o salto a bedel?

Pois é, um grande amigo. Eu conhecera um personagem essencial na minha história, o professor Guimarães, professor de Química famigerado no meio universitário. Famigerado porque, em aula, um dia, ele ainda matava um, diziam, de sorte que todos levavam seus celulares, deixavam as maquininhas bem à mão, ligadas, em chamada por vibração. A foto ficava a postos, até mesmo para uma *selfie* final com o professor psicopata. O aluno chato sendo esganado e, ainda assim, sorrindo.

A vida é feliz, todo mundo comunicava — a morte também? Isso, sim, era ir além. O momento-assassinato nunca veio. O professor Guimarães tinha apenas a mente aguda e violenta até, sem caber naquele crânio velho. Os alunos, sabedores do pavio curto, provocavam com perguntas pegas ao acaso, na internet, sobre a Química avançada e morriam só de vergonha. Comigo, talvez, não fosse assim. Acho. Perguntas irritantes, piadas sem graça e nexo, desconcentração, bombardeios de risadas às costas do professor, provocações para briga à mão (imaginem!) Tentames de desestabilização de portos ainda seguros de alguma maturidade segura de seu papel — era a sociedade em seu novo conspecto a atuar ali.

As pessoas queriam uma espécie de inversão, os jovens, lá em cima, os velhos, enterrados, embora alguns ainda vivos, coitados. Uma inversão semelhante à que a tecnologia (mero painel de instrumentos) parecia promover com seus avanços a geralmente se focarem em demonstrar esta inversão — gráficos, algoritmos, tabelas coloridas e a mesma informação seguindo reto e rápido por vários trilhos. O professor xingava polido seus alunos gente-fina (um pouco impertinentes, alguns até riquinhos), xingava-os com conhecimento. Respondendo, era como se Guimarães xingasse em sânscrito. Era difícil ser professor culto e inteligente num tempo em que os alunos não queriam mais aprender e, sim, dar uma lição no professorado "mofado" do momento. Tudo em nome da sua cultura atual. Da dinâmica da sociedade. Do capital até — esta uma questão rica a ficar para próximos tomos.

Todos pareciam esperar algo emocionante, adrenalina, como diziam — um momento único, um esganamento, um corte de garganta com um caco de vidro de soda cáustica, um leão velho derrubado pelas hienas cheias de ímpeto e, agora, razão. Ninguém queria perder nem deixar de fazer parte deste instante epifânico, de glória da criminalística e até da Química nacional. No final, dois morreram — e foi falta de química. Um resumo digno de constar em anais da matéria, para vir a ensinar as novas gerações. Do professorado, claro.

Pois é, e mestre Guima, diante de razoáveis e cerebrais, era um doce, coitado. Vivia de remédio em remédio para os rins, o fígado e o coração velho. Conversando de verdade com ele, você notava que ele só falava do que lhe interessava, essencial para ele se interessar, por seu turno, pela conversa e pelo mudinho, talvez, empalhado à frente. Estudos, abstrações, hipóteses, acrobacias neuronais e, claro, as peripécias do benzeno. Um campo amplo o bastante para seu imenso cérebro técnico ali caber. Eram experiências mentais, e, nós, as cobaias. Tínhamos a honra de, em vez de apenas morrer, poder ouvir aquele papo longínquo, profundo, erudito e, às vezes, muito louco.

Por favor, sem qualquer risco de limites físicos. Alguém tocar no cotovelo, no braço ou nas costas, mesmo sem querer, do professor Guimarães, isso era crime de lesa-estudo. Não apreciava o mundo real. Você tocava no professor e o semblante do velho bonzinho surgia sombrio. É, pensando bem: quem não poderia matar do nada? Ham, professor?

Para aquém de seus delírios de associações mnemônicas e de raciocínio labiríntico, o professor era também animal predador, um assassino igual a todos de nossa espécie (em série?), visto termos matado, por exemplo, todas as outras espécies humanoides.

A Química e a Bioquímica estavam aí para provar. Olhos frontais, uma paralaxe sempre bem entendida e calculada, caninos pontiagudos, a rapidez do raio, a frieza da adaga (mesmo de pedra) necessária diante dos olhos. O cruzamento dos focos, estabelecendo o momento e o ponto certos de atirar, rasgar, cortar ao meio, arrancar o pênis e as tripas em um átimo. Melhor sabiam disto os goitacases.

Além do mais, Guimarães não era *nerd* fracoide de infeliz memória, não. Tratava-se de um homem doente... e forte e robusto, cuidado com ele, uma cotovelada ainda levaria muitos dentes de alunos chatos embora. Eles não sorririam mais. Era ter boa química com o professor, manos.

Shakespeare não havia matado nunca? O remoer de Macbeth seriam perguntas de sua consciência ou robustas certezas de quem ensina a não fazer? Eu, hein.

O professor acabou é que gostou da minha conversa na biblioteca. De início, foi um susto, achei. Eu, uniformizado só por fora, de laranja berrante, e a falar com ele sobre erudições ao léu. Foi um impacto, deixou o velho meio estarrecido. Mas, a seguir, a... química deu certo.

— Não tentou se expor por aí, para ver se alguém... vinha, reconhecia você? Parentes, mãe, mulher...

— Outro tiro na testa...

— Pode ter sido... só um assalto.

— Uma outra vida, professor. Talvez haja sentido pelo menos nisso. Uma outra vida.

Guimarães era apenas mais um intelectual, coitado, não tinha com quem falar sozinho no Brasil. Um sofrimento. Como ele ia consolidar o próprio aprendizado? Não haveria jeito. Falar sozinho, para um público cativo, é algo essencial à formação e à deformação do indivíduo intelectualoide, tão cafona. Ele sabe, inclusive, disso. O intelectual fala sozinho e pode revisar o assunto todo, à procura de quando menos poder dizer algo a afiançar — eu o tenho em grande conta, em vasta consideração, amigo. No fundo, seria isso. Tudo por conta do egocentrismo, da vaidade mesmo. Dessas emoções baixas, sim, contudo que nos permitem, porra, voar alto em busca justo de negarmos a fonte suja de nossa sublimidade esvoaçante. Balés no ar, de garças hipotéticas, elas e seus longos bicos, suas penas alvíssimas e seus voos intercontinentais.

Deus perdoasse a miserável sina de você tentar e tentar conhecer a fundo complexidades e superficialidades. Eu não perdoaria.

Guimarães era um CDF graduado em nerd e com doutorado em intelectual típico, claro, e eu também era chato. Era a vida. E Mestre Guima não se contentava em se sentar, torcer e se divertir, certo de a rasitude haver ganhado — tão grande ela era, a rasitude, e até profunda. E democrática, onipresente, segura, confiável, disseminada, uma lei, praticamente, de vez que seria sempre melhor não ser o único termo diferenciado da equação solucionável por simples operações de potenciação, ideal não ser o único mistério inconfiável, o único fator de surpreendimentos possíveis no panorama (heresia não ter dimensão para caber meramente em telas, bidimensionais sempre, sabemos; as pedradas decerto viriam; abaixem-se). Em vez de se entregar, inercial, Mestre Guima divertia-se junto aos benzenos e, ainda, pretendia ensinar a alguém. Ensinar de verdade. Carro antigo, peças novas cabem?

Guima não era um do tipo enfrentador, basicamente, só mordia quando era contrariado. Malgrado sua erudição e sua cabeça (quando atingia seus cumes), fazia parte ele, em esquema, de um tipo comum no Brasil — o clube dos enfezados e a falarem grosso, mostrando domínio de território. Diante de um problema, estes tipos, quando baixos e primitivos, eliminam abstratamente... o enunciado: apagam e pronto! Não tem mais problema. Matar o professor de Física responsável por bolar as questões do vestibular é um jeito de resolver, sem dúvida. São tipos duros que, em modelos simples e cruéis, partem já ao desaparecimento de corpos, e, no mais, continuam em sua retórica, agora vazia de problemas, falando o dobro, em favor de aproveitarem, de oportunizarem o espelho vazio criado. Falam por eles e pelo morto. E, no que segue, continuam a continuação, em seu teatro de domínio do território vazio.

Guimarães partira desse esquema simploide e sua mente crescera e dera conta de promover seus alcances, suas frustrações e suas retomadas de poder dentro dela. O que, por encanto e por seu turno, a levara a se expandir mais e mais — a dar conta do recado. A dar esteio e espaço-tempo para a civilização continuar ali. A fim de ela continuar naquele setor de sua avaliação, a ampliar e a fixar seus domínios.

Mestre Guima enfrentava o problema lendo-o primeiro. Depois partia aos cálculos, porque ele calculava. Não haveria desaparecedores de corpos capazes de subir até aquele céu, não (nem pensar!). Era preciso estar lá e enfrentar de igual para igual, entendendo o enunciado e as peculiaridades da questão, de preferência. O problema científico ou histórico, para Guimarães, era pessoal. Tratava-se de uma pessoa e ela desafiava o professor a decifrá-la. Guimarães decifrava, então. Artificiando uma solução a caber não apenas a ela, desafiante. Seria uma solução genérica não proposta pela desafiante de início, o que tornava a empresa à altura de doutor Guima. Ele meio que não podia perder muito tempo com meras pessoas, em princípio, e partia sempre à humanidade. O objetivo era o de que, de todo modo, a tese, a abstração de sua adoração, seu objeto de enlevo e o círculo de realidade sublime, presente em seu céu horizontal, vencessem sempre. Guima superava a pequeneza — mas com grandeza, detalhe importante.

Aqui uma solução recorrente, o resto era ajeitarem-se cá e lá os números, consoante a lógica inspirada por eles. Inevitável lógica, fortuita e construída tão belamente quanto qualquer poema besta.

Não se tratava de mais um enfezado medíocre, cheio de soluções vazias para não mudar. Não era alguém igual às tantas pessoas que eu já conhecera em minha curta passagem pela minha... "segunda vida". O professor era um sobrevivente a si mesmo e era um pensador de verdade. Ele nos mudava quase sem querer, portanto, levando-se adiante pela força de sua necessidade de solucionar problemas propostos.

Era um chato legal. Um chato moral.

Tinha valor reconhecido na sua classe e não era exatamente bem-visto. Aprendi, ou melhor, devo ter reaprendido logo, no Brasil: pensar, mesmo lá no seu canto, não era exatamente solução; era problema maior, no fundo. Em geral, você até é pressionado a pedir desculpas por causa da ousadia, de sorte que você aprende o sentido exato, lucrativo e permissivo dessa arma de pensar: achar e vender modos alternativos e criativos de pedir desculpas. Justificar-se, isso é ser adaptativo e prático, consciente, valorizador da subjetividade, das emoções, na vida. Isso é ser ademais humilde e (em contraste mudo, mas bastante veemente) um indicativo claro do seguinte: lá no fundo, mano, lá bem no fundo, você, amigo, pensa! É mole? Cuidado. Faz a transferência da graninha logo aí, pra cá.

Você pensar de fato, podendo ser uma possibilidade, é arrecadar com isso. Lucrar constituirá vingança social clara, legítima, pragmática e, ao mesmo tempo, sutil, subjetiva, recheante. Uma prova consistente de valor em vários mercados. E ela valerá tanto mais o segredo seja mantido potencialmente quieto ou se volte a futilidades questionadoras ou dribladoras apenas da lei, vender o silêncio dá futuro, manos. Seja esperto. Se exagerar muito, seja pego e exterminado pela Rota ou pelos seus próprios coleguinhas de função. Uma lógica suicida — todavia há dublês a se suicidarem pelo bem do governo e dos poderes do além.

Professor Guimarães, ia eu escrevendo, um entusiasta dos benzenos e das ligações covalentes ou dativas, um partidário sem cura dos hidrocarbonetos e suas ligações tão comutáveis — sem embargo era mais apreciador ainda... de História Vai-se entender? Não dava, né? Ou seja, era mais destinado ainda à solidão total. Guimarães era um sujeito querendo um papo capaz de não lhe dar apenas aquela vontade de chorar ou de dormir, ou ambas, ao mesmo tempo. E ele fora, afinal, com a minha cara, depois de um papo de duas horas e meia nos corredores da biblioteca. Eu também falava muito. Éramos chatos expressivos. De longa duração.

Falamos sobre a moral didática de Quintiliano, sobre os versos tortos de Lucrécio (ele amava o amor, caso tivesse ela uma bela bunda), sobre os pretorianos devastados pela dúvida sobre se saquear a própria Roma não teria, na prática, o mesmo não significado que civilizar outros povos bárbaros, povos estes, além do mais, moradores de sítios tão longínquos perdidos do império em agonia (o mármore da Urbe a cair e matar indiscriminadamente os cidadãos lá embaixo)? *Rome by* Gibbons. Falamos dos benzenos e da inorgânica em geral. Falamos sem parar. Aquele papo ainda nem acabou, aliás. Acabamos nós, ele não.

Claro, a minha história, vale dizer, a minha não história ou a minha "instória" também o impressionou. Ela o intrigou. Este foi outro tema cujo interesse passamos a compartilhar.

Na ocasião, o professor pesquisava para um trabalho diletante lá na Goulart Ferreira Mendes (o nome da biblioteca). E eu estava varrendo, na oportunidade, cheio de dignidade e até heroísmo, contra toda a sujeira no meu setor. Fazia a minha parte. Eu lia escondido, não vou negar também. Ser o anti-herói e o herói lhe formata mais completo.

Infelizmente, a cultura não é valorizada nem onde mais deveria. E lá fui eu, despedido por ler escondido (demais) no horário de trabalho braçal — justa causa, disseram; embora não de todo moral, eu me atrevi.

Era bem mais difícil iludir as câmeras, elas olhavam ali sem parar um segundo. Lembro bem, eu lia um Saramago quando fui pego, concentrado demais. Esquecida minha ficção e... flagra. Já havia engolido um Pascal na noite, até sem problemas, o estilo *clean* de Pascal não precisava de faxina. E naquele momento eu não tinha nem essa piada besta na (porra da) manga.

Fui imoral, também, de minha parte pobre — proletários zés-ninguém, uni-vos, nem se no mesmo palavrão, bem alto, letras garrafais. Certo, me despediram, tudo bem (só que não). Mandei o supervisor ir... e... ir também. E ainda ir além, bem fundo. Mais, ir e não voltar. No mais, porra, enfiasse Pascal e Saramago onde eles também não cabiam.

Eu tinha sido quem, na porcaria da vida? Por que aquele furo seco na cabeça e por que aquela memória em branco?

Lembro bem de um dos tópicos que mais preocupavam o professor Guimarães, por ocasião da nossa conversa de biblioteca: imaginem, a queda de impérios sitiados, assunto muito invadido atualmente. O interesse genuíno dele iria gerar um livro, até. Segundo o autor, o livro já ia pela página setenta, *O império da revolução para trás está ao seu lado: a ignorância tem o seu encanto*. Um título quente, meio forçado. Ninguém parava o professor, nem aos seus períodos.

Comentei de passagem que os manipuladores globais estavam lá. Eles corroíam legal as velhas estruturas, especializados comedores de ferrugem eles eram. Comiam também carne crua, sua forma de serem natureba e respeitarem o gosto e as proteínas oferecidos pela natureza (e pelos gentios humanos). Os manipuladores esquisitões mostravam, tranquilos, seus cornos diante de nós, contentes. A polícia estava ocupada com seus inimigos — seus, quer dizer, com os inimigos deles, dos manipuladores. Os manipuladores eram os bárbaros, no fundo... e os bárbaros viam isso tal qual um grande, um imenso elogio — eram medíocres, também, e já nisto viam um índice de humildade: só matariam pessoas melhores do que eles, em obediência a uma moral ao menos capaz de distinguir estes melhores, até mesmo pela constância dura. Era responsabilidade social heroica dos manipuladores manterem seu povo num céu possível, ou seja, parado e satisfeito com pouco, de forma geral. "O paraíso era assim, manos". E daí seríamos todos... "um" (iguais). Assim ademais ficava mais fácil de enganar, copiar, olhar e controlar. E matar. Uma apropriação um pouco tendenciosa de ensinamentos de Tales, Jesus, Buda, Lennon e alguns outros — num desconstrucionismo para detonar, inclusive, as próprias premissas. O céu era imutável, era manter o céu assim, no final. Se alguma figura do quadro ficasse esmaecida, uma repintura resolveria e o quadro venceria prosseguindo firme em sua paisagem. A vida seguiria linda e grande, rumo à próxima etapa, a mesma, a tradição seguia imóvel, adiante, sem parar.

Éramos "um"? Não obstante, éramos um personagem mais ativo na trama moderna e pós, ao menos estávamos em jogo, no jogo, diferentemente de tempos passados, nos quais barões e imperadores, de um lado, e de outro... políticos, advogados, coronéis e escritores feudais ditavam suas normas para nos alinharmos ao seu lado ou "ao lado de nós mesmos, o povo", vale dizer, alinharmo-nos aliás em colunas bem-feitas atrás do cordão de isolamento por acaso delimitante do palco, quer dizer, da História.

Nosso personagem atual tinha sua relevância, era ele ali o rol dos perdedores a financiarem o espetáculo, todos tendo sido roubados por baixo dos panos ou na cara dura, roubados por igual, ou quase. E todos a deverem, sim, aplaudir com fervor o fato de não estarem em cena representados de forma fiel — não, por favor. Sobre o palco, sim, ficasse um outro mundo, a desdenunciar a derrota, um mundo mais galante, mais ouro luzindo, mais brasões nobres. Um mundo mais bem armado, mais no-mínimo-vale-a-pena-para-alguém.

A História era coisa séria. Não deveríamos atrapalhar, senão agir de acordo, para que, pelo menos nela, nossa assistência fosse ao menos concordante, digna e por dentro. Deveríamos, então, nos comportar. Deveríamos obedecer à sincronia colossal em função da persuasão e da densidade do novo personagem, de fato corporificado. O entorno, as fórmulas para se conseguir forjar a *matrix* respeitante a isso, e, assim também, todas as coreografias e interpretações de um mesmo papel — tais fórmulas dariam pano para a manga e oportunidade para o obscurecimento geral possuir técnicas claras e procedimentos reveladores, em vez de revelarem-se obstruções desagradáveis a respeito de nossa triunfante, enfim, vitória cabal.

Ah, tudo fica bem melhor, se bem representado.

Química não era tão assim o meu forte, logo verifiquei. O professor Guimarães apreciou, em particular, esta ascendência de base (e "das bases") sobre mim, não neguei. Eu, o faxineiro mais sem passado ainda, e a citar de cor Dante, Shakespeare e Platão, enquanto varria meu piso de ripas de madeira. Citava como se tirasse de cima deles a poeira dos tempos e como se desempoeirasse o significado oculto em cada reentrância de conteúdo ainda não revisitado a contento por uma só cabeça. O mundo ficara louco de vez. Eu era mais um adendo ao arquivo de provas.

Limpeza, a ignorância necessitava. Vai uma aí, mano? Eu decerto me sentia uma espécie de super-herói da humanidade e do humanismo em terras grosseiras. E minha tarefa era... moral. Não, era sobremoral.

Depois dalgum tempo, o verniz civilizatório engana o próprio ignorante e se torna, para sua felicidade, padrão nacional de cultura, valor próprio e conhecimento: desvendar, desmistificar a casa sobreposta de realidades alternativas era uma tarefa, por conseguinte, heroica e fatal.

Um aviso: o pensamento está aqui e o bicho-papão da pobreza intelectual não entende que é só mais uma criação dele.

Guimarães ficava impressionado diante de meus posicionamentos meio xiitas sobre o tema, sobre a necessidade de se criarem veredas e vínculos fortes para a alta cultura ser resgatada junto aos mortos, os únicos e últimos a nos haverem entendido, coitados, em meio a este caos de adaptações exigentes de uma densidade de borboleta e à falta de consistência das moscas mortas. Citei minha última (com certeza) requisição no tópico literário-histórico, depois da superfície espelhada, mas multicolorida e interessante, de Câmara Cascudo — o oceano plácido e argumentativo de Carpeaux, em *Ensaios reunidos* e *O livro de ouro da música*.

Meu Deus, eu era um chato, mas ia longe.

Tentei "refrescar" minha memória acerca da disciplina Química também. Encarei alguns daqueles livros didáticos. Cheguei a uma conclusão trocadilhesca mais que óbvia: não haveriam de ter sido as... fórmulas que nos aproximaram, mesmo, professor. Brincadeira muito besta, nem o professor Guimarães conseguiu rir dessa. Nem por respeito, por empatia, pena. Quase pedi desculpas, esta sim uma piada de maior efeito.

Quando fui despedido da Esurb (obrigado!), o professor ficou sem seu interlocutor dileto, ficou sem o amigo novo e sem o melhor aluno. Simples assim. E eu ficaria sem salário e logo sem comida, sem pensão, sem entrada de graça em meu lugar de estudo (trabalho), sem minha bolsa de estudo, de certa forma. Daí ele me arranjou o serviço de bedel na universidade. O que ele teve de arranjar, inclusive ilegalmente, para me cadastrar nos sistemas da universidade, é um mistério até hoje. Minha identidade, para os papéis, foi toda... forjada, óbvio. O fato era: ninguém sabia quando ia sair minha versão oficial, segundo a burocracia; o processo ia ser longo e, com sorte, ela acabaria como uma averbação no meu atestado de óbito. Minha documentação regular, real, oficial, eu não podia esperar. Eu não podia esperar.

E um dia, então, mestre Guima estava na cama. Eu estava à cabeceira dele. Ele estava nos confins dos estertores e tossia, a boca seca. Pediu água várias vezes. Pulmão, coração, rins, um pouco de intestino, o câncer não tem limites dentro do humano. Parecia-se com a sua mente.

Mais dois dias e lá estava um enterro, e não era o meu, em parte. Professor, morrer de verdade ainda é mistério para mim: ainda bem — arrisquei sem pensar. O professor morreu lúcido, não sabia o que era pior, ainda comentou no momento e foi. Foi sem me aliviar nas explicações e me deixando de novo sozinho... comigo. Eu nem me conhecia ainda.

Quem era eu? Vocês não perdem por esperar, por outro lado.

A Química era envolvente, decerto, doutor. Porém, minha vida pregressa, ainda mais. Tanto mais por ser qualquer uma, um mistério bota amplo nisso.

Passei a me chamar Alberto desde o dia de sua morte. Forjei outros documentos até, nasceria uma farsa oficial e de verdade, disto eu fiz questão. Antes eu era o Garoto, só isso. De quarenta anos. Não colaria. O "Alberto" deveu-se a Santos Dumont, Einstein e Camus e à história de Camus com o professor Louis Germain, do primário. Outro benfeitor sem susto diante do chato de futuro.

Camus... Alberto Camilo, taí.

A ferida em calombo na minha cabeça, memória única de quem eu era — um azarado a ter dado sorte. Ou vice-versa. Eu tocava o calombo e sentia seu tamanho. Não minto, o tecido era mole em seu topo. A ferida semelhava uma boca de um vulcão donde a lava, dentro do meu cocuruto, espalhada ao entorno dos neurônios, não tinha razão tanto quanto eu estar ali — e a possibilidade de ela jorrar e queimar tudo em volta era constante, incorrigível, inexorável, implacável. A revolta dos mistérios é incontível.

Peguei minha maleta, o resto do salário de bedel, peguei o tanto de livros meus, e fui "me encontrar" em meio ao breu do mais puro mistério. Onde a afinidade me parecia para além de flagrante.

Rio, cidade feia, moldura sem igual, o Millôr dizia algo parente disso. O Brasil, a natureza nos superou e parecemos apenas tentativas que, felizmente, decaem e deixam, sob suas frestas e seus buracos na parede (muitos à bala), a beleza inerte e incrivelmente verde e azul da natura dá o tom de novo e de novo. De novo. Ela, a natureza, merece. Fui para o Rio. Quem sabe por quê? Eu... mais ou menos. E fui. Maleta de pobre em uma das mãos, na outra, um bilhete. A última boa recomendação de Guimarães para mim.

Esta recomendação não fora na conversa na biblioteca. Fora numa segunda conversa, lembro muito bem dela também.

Ocorrera o seguinte, demitido da Esurb (graças!), minha recontratação mágica pela universidade não fora tão... imediata assim. Passei uns dias de certa fome, sempre com dignidade. Choveu nesses dias, água garantida, considerei sem chorar. São Paulo também dava sorte.

Sem ter exatamente o que fazer, nem nome eu tinha ainda, eu ficava andando pelas ruas de Moema, desorientado e sem mais ler, afora todas as revistas e livros das bancas. Até que... eu acabei decifrando uma fórmula deixada numa das classes na universidade. Antes... eu havia, de certa forma, invadido o local, junto dos alunos bacanas da universidade. Pois é...!

Lembro-me de quando, agora pura claridade, entrei no meio daquela turba de estudantes meio gênios, meio *nerds*, meio malucos, alguns parecendo meio caducos já, meio maconheiros, alguns meio merecedores de meio litro de ácido clorídrico junto à Coca-Cola — e resolvi as coisas para eles, em troca de um dinheirinho, entendem? Eles tinham grana, eu tinha a solução, nada mais justo. Dá um aí, mano. Por causa desse "salário", rolaram vários dias de refeição no Bom Prato, foi uma felicidade para mim! O cardápio na rede Bom Prato tinha acabado de ser renovado e havia capricho no ar, recordo, os cozinheiros estavam desafiados pela novidade. Cheiro bom, estico o nariz da memória e lá vem ele.

Bom, a história. Naquela época, eu, imaginem, circulava de maloqueiro de Moema. Eu ainda não estava podre, quase, estava um pouco suado e dava uma certa aversão nos mais frescos, verdade. Estava perambulando pelas ruas, pedindo dinheirinho para comida, moço, dona, dá aí (a janta fazia falta nas noites mais frias; eu estava ficando em forma). Umas blusas também iam me valer bem. Um salmão. Saudades. Curioso, não me lembrava de ter comido, mas lembrava de relances do gosto do salmão. Eu estava vagando e claudicando pelas imediações da universidade, perto do *shopping*, no formato jovem manco (chamava mais a atenção; eu caprichava no meu curso de teatro às pressas), sentindo-me morto outra vez na vida (só que sempre havia jeito; engraçado, comecei a ouvir o cachorro de franjinha de novo, nessa situação; ele me reconvocava à vida; a natura falava em au e dava para entender tudinho) — e eis que ocorreu aquele golpe de sorte, bem na minha cara.

A sorte, às vezes, é assim. Os alunos da universidade em Moema me reconheceram na rua, enquanto eu "navagava" sem rumo. É, eu tinha a minha fama.

— Ué? Você não tá mais lá, maluco?

— Não.

Vieram falar comigo e acabei escolhido pela turma toda. Escolhido para ser um dos... líderes (aríete, boi de piranha, bezerro sacrificial, trouxa) da baderna que eles, riquinhos, iam aprontar para dali a pouco, naquela noite ainda. Na universidade. Os caras ferraram você, vai lá e ferra eles também. Fazia sentido camicase pleno e acabado.

A "turma" me convidou a entrar no... "movimento". Eu ganharia, além da vingança, "algum" para a semana. E não morreria. Pelo menos, não de fome. Obrigado, manos. O que não é o capital? À frente e atrás, lá está sempre ele.

Pensei... bom, *ok*, sou só um desmemoriado meio biruta vagabundeando com fome pela rua. Posso ser um baderneiro mercenário. E daí? Vão me prender? Provável. A lei me albergaria.

Tratava-se de mais um dos movimentos de estudantes contra... o estudo. Eu só tinha de, cheio do meu *know-how* (imaginaram), ajudar a "turma" a invadir, à noite, algumas classes e manifestar os protestos contra... a Física, a Química e as línguas greco-latinas, instrumentos de dominação dos povos do norte, os altos burgueses. Que ideia. Eram todas disciplinas nada politizadas e, por isso, lançavam para longe os incautos — sobretudo se alunos. Elas compeliam os trouxas a perderem tempo diante de cálculos infinitesimais e números complexos, quando o ideal, todos sabiam disso, era chegar ao governo e impor seus próprios números, suas próprias réguas, seu próprio sistema decimal, sua própria medida, o suprassumo, suas estatísticas. Refazendo os cálculos de uma maneira brilhante, justa, para quem mostrara tanta engenhosidade. Como se ganhava mais e mais dinheiro sem trabalho evidente? Esta era a única questão posta e que nos ensinavam a esquecer — como ser rico ou mais e mais rico? Era A questão.

Uma picaretagem, manha. Pessoal, estudar ia ser bem mais fácil. Queriam reinventar a roda, com o meu couro ali a rodar e rodar pelas ruas de Moema. Eles usavam a tal doutrinação das massas para não aprenderem nem uma coisa nem outra. Não aprendiam cálculos diferenciais nem retórica marxista nem como enriquecer fácil desde pequenos. E desse jeito eram... livres. A seu jeito, claro. Ilusão, manos. Ilusão.

Lá fui eu, prometeram me pagar de verdade. Coitado. Aceitava qualquer merda. Eu era um maluco a nadar pelas ruas, naquele rio de chuvas sem fim em São Paulo. O que eu ia perder? Nada. Ia dar um toque exótico e pró-incluísmo social à farsa. Inclusão, pessoal.

Pois é, e, incrível: a primeira classe que eu tinha de invadir era simplesmente uma das salas de aula nas quais brilhava o intelecto e deixavam sem fala os revides intelectuais do professor Guimarães. O mano.

A prova estava lá, bem na lousa. A letra pavorosa do professor, eu não a entenderia nunca, mas ali era urgente. Fui Champollion, foquei firme nas fórmulas e números — e a questão de Química veio toda. Para cima. Não era mesmo muito a minha, contudo lembrei do cheiro do salmão, o espírito de uma boa vida, para mim. Boa lembrança. Desafiado, eu havia lido muito sobre a matéria antes de ser chutado do emprego da Esurb (vivas!)

Em vez de começar a quebrar tudo, eu fui, então, à lousa, tasquei um giz naquela parede verdinha e nem foi difícil, depois de começar, suas antas. Química podia ser um *hobby* meu do passado? Não, não devia ser. Era um pouco chato demais.

— O que você tá fazendo aí, ô, maluco?

— Pronto.

— .... Parece que está certo.

Os arruaceiros estavam agora todos em formação, no modo aluno, sentados nas carteiras, olhares fixados na lousa. Tentavam entender de novo. Os que tinham aquela disciplina na tábua de matérias se saíam melhor, é claro.

— Esse... o cara resolveu a porra da questão do chato do Guimarães, o bicada da morte... olha aí. Essa era para "todo mundo pensar" na semana do saco cheio. O nosso professor mendigo... não é mole.

— Nem vai precisar quebrar nada. Já quebramos.

— Hein?

— Explique melhor...

Expliquei a resolução na lousa, eles estavam parados e em completo silêncio, como alunos agora. Incrível feito. Estavam boquiabertos. Foi uma epifania do momento, a vida presente entendera num repente tudo por nós. E nós?

— É... entendi.

— Agora a grana.

— Que grana? A gente combinou que ia pôr abai...

— Já fizemos. Eles nunca iam contar com uma porrada desse tamanho no benzeno deles.

Eles, sem fala, olhavam ainda à lousa, olhos pregados.

— Ele é louco... mas... ele tem razão... acho.

— Entenderam a lógica? Nem vai precisar quebrar nada, já está feito... com isso.

— É?

— Ele tá enrolando todo mun

— Paga pra ele. Paga logo.

Não quebramos nada e o silêncio dormiu naquela noite, na universidade. Jantei um bife acebolado com purê de batata, estava uma tentaçãozinha. Nos dias seguintes, ah, o Bom Prato e o remorso social me proporcionariam uma experiência de pobre... riquíssima.

Não saí tão inocente. Quando todos haviam se dispersado, forcei entrada numa das classes e levei um *notebook* escondido, porque eu era pobre. Estava no armário. Revolução, pessoal — é pessoal.

Da cozinha, levei alguns pães de hambúrguer também, mais alguma pasta de, acho, soja. Puxei mais saladas, na verdade: era a forma de um ladrão ser pelo menos saudável.

Não fui longe, um erro crasso. Acabei pego no dia seguinte, enquanto estava na minha barraca (a grana já dera para comprar uma), fazendo minhas abluções com água das poças da chuva da noite anterior (uma bênção). Os caras chegaram bem na hora do *breakfast* — um churrasqueto de pão passado na pasta de soja e cheio de tomates.

Eu tinha facilitado demais, estava a poucos metros da universidade. Um erro de cálculo, errei perto demais. Os delatores me delataram, enfim, e lá fui eu: levaram-me à administração e o professor Guimarães quase caiu para trás, quando me viu. Ele melhorou muito minha nota na matéria dele, por assim dizer.

— Você está morando na rua, Garoto? Procurei você na Esurb... você não deixou endereço, não deixou nada lá.
— Deixar... o quê?
— As bestas dos alunos contaram. Você se saiu bem na lousa. Ham?
— A fome, a ousadia, a urgência, o Bom Prato, essas coisas. Que fome.

Agora lá estava eu, na rodoviária apinhada do Rio de Janeiro. Estava um calor danado. Estavam eu, minha maleta, minha cara recém-barbeada, meu barbeador elétrico, minhas três mudas de roupa, meu casaco da C&A, minha escova de dentes (média), meu passado lacrado feito um túnel tapado por detritos de um desmoronamento súbito, bem às minhas costas (mas me sobrara o presente... da vida). A vida ia longe, ela usava detritos, desmoronamentos, concreto e crânios partidos de verdade quando resolvia aplicar uma metáfora para valer. Aplicá-la à cabeça de um personagem de seu quadro de tragi-humor. E, tanto mais brega a metáfora, maior dramaticidade ela interpunha, num mecanismo bem semelhante ao de muitos dos nossos conhecidos dramaturgos. O certo era, eu aprendi essa bem mais do que qualquer lição do professor Guimarães. Todos os meus respeitos, mestre Guima. O tumor doeu, todavia foi breve, professor. Pense nisso.

Doutor Almada, o nome do salvador era este, doutor Almada. Almada era um psiquiatra até famoso, um cara de primeira, gente fina. Ele me daria guarida na cidade, assegurou-se professor Guimarães, antes de morrer diante de mim.

Doutor Almada, segundo Guimarães, me daria alguma oportunidade, sei lá. Ele era um homem de boa nomeada, rico e talentoso. Era um psiquiatra do Rio e me daria um encaminhamento na universidade e, quiçá, em seu próprio consultório.

Em troca... eu seria um caso de estudo psiquiátrico e neurológico a não ser esquecido. Um grande tema para as próximas reuniões da associação de Psiquiatria e Neurologia da UFRJ, vai ver. O pessoal talvez abrisse minha cabeça. Com isso, talvez abrissem a deles também, com a prática. Era pensar sobre.

Obrigado, professor.

Vale dizer: eu seria só um... paciente? Não, uma categoria mais remunerada.

— Perdoe minhas limitações — Guimarães disparou lá, de seu novo reino. Na minha memória, agora traiçoeira, a favor.

De dia, eles estudam a aberração, eu. À noite, a aberração os estuda e entende, em vantagem flagrante. Pelo menos minha vaidade pode se satisfazer, professor.

— Não consigo arranjar nada melhor pra você aqui, você tem de ter formação e os colegas são meio... recalcitrantes... pra começar, comigo... e tem esse perigo contra você... no ar...! Almada é bem relacionado. É culto, se bem que só na sua atividade, e... é prático... e político. Se deu bem, o cara é rico e eu sou um mendigo.

Eu também, lembre-se.

— Com ele, você não vai precisar bajular ninguém, vai ser uma troca justa. No mínimo, comensalismo.

Que bom. Se bem que... o tubarão não seja eu.

Isso ele dissera de fato, algumas horas antes de falecer. Almada podia me entender.

Não obstante, o fato era o seguinte: mal sabia Guimarães que doutor Almada falecera uma semana atrás, uma semana antes de o próprio Guimarães falecer. O mal dos velhos, eles traem você tanto quanto a natureza. Tanto quanto a memória.

No Rio, indicaram-me um cemitério. Era o cemitério São João Batista. Chegar tarde era meu destino. Fui render homenagens ao amigo do professor, que tanto ia me salvar. Nem você, nem eu, mano.

Não o conheceria jamais. Era uma auto-homenagem, de certo modo, então. Era justificar o meu estilo. Chegar tarde sem entender bulhufas. E correr atrás.

Pensei em ficar por ali mesmo, no cemitério São João Batista. Nunca havia morado num (se bem me lembrava). Havia tranquilidade, sem dúvida. O lugar era meio úmido. Detectei boas beiradas para eu me esconder da chuva (começava a chover, no instante exato desta reflexão: um aguaceiro de verão).

Um emprego temporário (jamais eterno) de assombração surgia de solução à fome, sobrenatural, que já me apertava de novo. Eu ficaria por ali, escondido, as incautas iriam visitar o parente, eu surgia de trás dos túmulos, atrás das incautas, numa coreografia parecida com a do clipe de *Thriller* (eu estranhamente me lembrava do Michael Jackson, por quê?) As moças e senhorinhas deixavam cair suas bolsas, suas chaves, seus *pen-drives*, suas dignidades, suas carteiras, suas blusas, seus maços de flores, suas sacolas e um morto ficaria visivelmente satisfeito de tanta oferenda assim. Eu me sentiria um santo assim. Tudo se vendia, as flores serviriam para alguma próxima visitante. De fato, já mais bem aprumado, eu venderia a esta próxima visitante um maço baratinho de flores quase novas — e teria um pastel e um suco de cana do carrinho do outro lado da rua. Os pobres se ajudavam, era a lei de mercado, mano.

De súbito, alguém se aproximava firme no São João Batista. O morto? Até que sim, pelas fotos do doutor Almada. O rosto da moça vindo se assemelhava ao do doutor, nalguns pontos. A linha dos olhos, dominância flagrante da mãe, me parecia. De resto, só um quarto de rosto parecia.

Jamais a semelhança dos Arns. Falo dos falecidos Dom Evaristo e irmã.

A moça lembrava Almada e fazia sentido, era sua irmã, viva.

— Sou mais nova 26 anos.

— Que bom. Eu, enfim... meus pêsames. Entenda, estou bem triste.

— Fiquei sabendo que você perguntou o endereço do cemitério à empregada do consultório. Teve sorte de encontrar a Hilda lá ainda: ela estava esvaziando todo o local.

— Hilda? Sim.

— Ela disse que você parecia um pedinte e ficou arrasado quando soube da morte do Eliezer. Tentei na sorte aqui.

— Sorte... invejo muito.

— O doutor Guimarães... conversou sobre o seu caso com o Eliezer. Foi umas duas semanas antes de o Eliezer falecer. Ele falou comigo e... sei um pouco sobre você também.

— Eu sei uns meses a mais.

— Você gostou daqui? Estava sentado ali, tão... parado.

— Morri de amores. Ficando aqui sem dinheiro, sem passagem de volta, sem comida, sem hospedagem, sem emprego e sem identidade... com o tempo até moradia eu vou ter achado fácil. A natureza é fácil e natural, parece o apodrecimento.

— Hm.

A morte seria um dado mais que natural ali, era só... deitar. Eu apenas me deitaria num túmulo feio, na beira daquele muro, e faria de conta estar morto. Logo, o organismo ia entrar no personagem também e iríamos além com tanta perfeição, tanto ajuste. Era interpretar até ser verdade.

— É quase um milagre você estar vivo. Por que desperdiçar um milagre, não é?

— É mesmo. Concordo. Só que estou precisando de outro. E não pode demorar muito. A vida me roncou isso.

Vou precisar de mim para sobreviver esses dias, meditei, refleti, ponderei e achei também, Picasso. Tudo acabou para mim, e sabe-se lá o quê. Sou um fantasma de ninguém e isso é assustador. Eu podia me maquiar de defunto, de aparição leitosa das trevas... e aqui ia ser meu palco. Entendem? O meu além. Penso, empreendedor, nuns... pequenos *shows* pra viúvas assustadas e até para ladrões de túmulos (vão se regenerar, quer apostar?) Eu assusto, eles correm, depois eu vendo os vídeos... por aí, para programas de pegadinha, por exemplo. E sempre botando tarja preta em mim — não nos otários. Eles iam ser as estrelas da piada, afinal, deveriam brilhar no final. Iam ter de aparecer no meio do susto, trazendo alegria ao mundo e minha bilheteria. Desse jeito eu cumpriria minha sina, cada fantasma se arranjava do seu jeito, não é mesmo?

Podia viver bem de *cheeseburger*, no começo (muito *ketchup*). Eu devia ser do *show business*. Esse cinismo tem um quê de midiático, de *sitcom*. Um roteirista, eu ia me sentir bem ao me sentir "mau".

Podia rolar, verdade. Não espalhe, mano, copiam. Tem muitos ladrões oficiais do sistema, muita gente desonesta. Eles podem tudo e esta grande lição é a que sobra de um mundo perdido e de decadência, onde ensinar distância ainda cabe muito. Ademais, tudo é espetáculo e você tem de pagar por ele. É a lei.

Lei, uhuh rá rá rá. Que legal.

Um lugar de clima sempre ventoso e uma alegria pueril de um dia ser alguém. Uma eternidade de esperança de crescimento, bem própria de uma matéria inanimada no limiar da biogênese. O paraíso é aqui... embaixo.

Eu lembro, eu morava lá, nos céus. Daí, caí. Quis difamar Deus, quis a Divindade só para mim, para rebaixá-la, quis aprontar, sugerir, você é louco, mermão! Só pra ficar com a... herdade Dele. Mas quem tem a divina caneta da história...? É covardia.

— Vou acabar por aqui mesmo. Terra não vai me faltar, MST.

— O que é isso?

— Drama, afetação, hipérbole esquisita... e algum bom manejo com metáforas, imagens e palavras. Eu. Eu quis impressionar numa pegada épica: tão baixo eu estou aqui, só faz sentido... subir. Ou morrer.

— Parece mais um surto. Tem a sua graça.

— Nem um morto de fome trágico eu sou. Isso desespera.

— Uma pessoa espirituosa.

— "Pessoa" é *gay*.

— Hã?

— Quando você chama um homem de pessoa é que pensa que ele é *gay*.

— Não... você não me parece *gay*. Não foi nada disso.

— Agora minha parte feminina ficou indignada e requisita explicações. Como assim, mana?

— Meu Deus do céu...!

— Um caso perdido, não achou?

— Achei.

— Achei também.

Dioniso sóbrio, para sempre, não adiantam as festas — uma maldição original. Sabe, a parada é a seguinte: não gosto de tiranos e aproveitadores em geral. Nas páginas dos livros, são ótimos, divertem e são instrutivos acerca das profundezas da lama humana; todavia, fora da ficção, esses monstrinhos só atrapalham a gente. Tiram nossas ilusões sobre um vilão chique e, ademais, querem, por serem ocos e grossos, desmerecer as belezas da malignidade estética da ficção, dos monstros de papel (a pegar fogo, entretanto, e, cuidado, você aí, nesse banco de madeira). Na minha opinião, os tiranos reais merecem ser mortos preventivamente. A cabeça cortada, os olhos furados, as orelhas arrancadas, sem ponta do nariz, sem nada. Assim, nenê não interfere no jogo ilusório dos adultos, usando, por exemplo, do poder derrogatório, retroator, atrasante dele, nenê, a fim de justo ocultar, esconder os êmulos mais bem-feitos. Autocratas são uns chatos, cara. Bloqueiam impressão de livros e, não raro, os livros até os melhoram, em nome da estética social.

Observe-se Iago, um tumor autoral de grandes extensões, querendo a "má", a contraproducente (a ele) narrativa oficial morta — e ele a contar o que haveria de ser, sem ela para atrapalhar. Isso na vida real dificilmente se observará com tantas profundidades e tantos enleios metafóricos. Mortos, então, os tiranos — aí os livros saem livres e os leitores, gente de verdade, se divertem diante de histórias de primeira, com tiranos de primeira. Todos vão ter assim só... vilões tiranos esteticamente aproveitáveis, algo não raso e banal a ser aproveitado como um erro que afinal dera certo. A arte trará o mal — o mal trará a arte. Um concerto legal.

Não atrapalhem minha ficção, manos, pera aí. Morram de verdade.

— Já almoçou? Qual seu nome mes...?

— Alberto. Alberto Camilo, um estômago que agora rosna de emoção. Ele agradece a domesticação. Se eu almocei? Olhe meu indicador, aqui — é o meu rabinho abanando de agradecimento pra você.

— Tenho um sanduíche de salame com alface, tomate, rúcula etc. Está no porta-luvas. Sei que é ligado em comidas... saudáveis, não é?

— Também. Curti muito o Bom Prato, bom cardápio. Viver, em todo caso, é sempre o mais saudável.

— É, deve ser.

— Almocei ontem, já quase nem me lembro também. Eu estou meio zureta e as ideias avalancham. Minha sala de visitas é bem achada, gostou? Árvores, passarinhos, tapete de grama lindo, bem cuidado. É... orgânico, está na moda também. O termo.

— Vamos pro carro.

— Gosto desse lugar verde, falta um sol esta manhã. Eu vim visitar o seu irmão, que eu.... nunca vi, desculpe.

— Eu sei.

— Seu irmão morreu. E... não avisou.

— Muita gente vem ao Rio e procura as praias primeiro. Você fez bem diferente.

— A vida, a morte, eu já vou às finalidades.

— Uma pessoa direta.

— É falta de paciência minha. Essa percuciência psicológica é de família? Não lembro bem.

— Não precisa morar aqui no cemitério, claro, Alberto.

— Alberto Camilo, meu nome, gostou? Estou curtindo o nome, soa bem. Me sinto renascido, juro por Deus. Isso nem é tão raro pra mim, é meu estilo. Mas, obrigado.

— Você era bedel em São Paulo. Por que não ficou lá?

— Obrigado pela caridade. Voltar a pé, pela Dutra? Pode ser amanhã?

— Não estou expulsando, é só curiosidade minha. Por que resolveu deixar tudo lá... e veio pra cá?

— Curiosidade, acima de tudo.

— Humm. Não era mais seguro lá?

— Ã, no caso, realmente... não. Eu ia ter um trabalho melhor com o seu irmão, ia ser uma cobaia superbem tratada. Era, então, de novo curiosidade, agora dele... e minha. E, agora, eu vivo no cemitério! É um fim categórico. Eu tenho valor, não sei nem quem sou... mas, minha nota geralmente é dez. Já é um bom qualificativo. Pra uma cobaia, tava bom.

Lá fui. Eu e Ruiva Almada. Ruiva não era do meio psiquiátrico, exceto na qualidade de membro observador dos métodos de trabalho. Quero dizer, ela houvera sido paciente por dez anos de psiquiatras. A família era realmente da área. Ela tomara entusiasmada uns bons quilos de antidepressivos e, dez anos depois, não ter abandonado os remédios a deprimia mais ainda. Ela parou de usar e partiu à ioga, ao trabalho fundo, às viagens e ao sexo, agora só com mulheres, no caso. Foi estudar também. Escondeu o problema indo atrás dele.

— A fluoxetina.... sei lá, acho eu, ela se instalou, se integrou aos genes, entendeu?

— Não é impossível. Pelo Lamarck e pela Bioquímica moderna. Acho.

— Às vezes, ainda fico tentada a tomar um daqueles comprimidinhos, com água tônica. Só pra relaxar. Daí eu lembro de um impedimento... grave.

Gostava do sotaque dela, era gostoso. Tinha o influxo das ondas.

— O prazo de validade. A última caixinha já tem dez anos, não dá mais. Eu ia ter de remarcar as consultas e reiniciar uma vida velha.

— Um passado que não passa. Faz bem ouvir.

— Hoje, eu me sinto... alegre, entende? Porque estou livre também. Por si só é... cura, em vez de ser causa de doenças, pra mim. Minha parte animal fica plenamente viva de novo...

— Mi au.

— Ela quer latir e fuçar por aí, sem grandes bloqueios.

— Eu também.

Vamos juntos nesse mesmo jardim?

— Já eu aqui de cima, que sou a cabeça, o *"habitat* do Hamlet"... eu meio me desespero e... tento voltar à carga. Humm... Conhece Hamlet, Alberto?

— Não a ponto de tocar o mano como um flautim.

— ... Isso é da peça.

— Ser ou esquecer, qual a questão, mesmo?

— Você leu Shakespeare todo?

— Por aí.

— Conhece o mar?

Ela pronunciou "arr". Bom. É um ar mais elegante, mais longo, mais chique, mais erre. Português de matriz Bourbon.

— Nas telas e nos livros, o mar fica um pouco cortado demais.

— Você é um esquisito espirituoso.

— Não sou esquisito, então, nos enfins das contas.

— Eu... eu tento me adaptar a mim mesma e nem sempre é fácil me adaptar.

— Imagine... eu.

— Uma deprê vem e tento pensamentos complexificantes e relativizantes, entende?

— Por incrível que pareça...

— Pra recuperar terreno, pra retomar o comando perdido, e consigo, no final.

— É um bom meio, pensando extremamente bem.

— No mundo das ideias, até a dor vira ideia. Aí, dá pra combater.

— Efeito curioso.

— Aqueles remedinhos da alegria normativa ficaram morando nalgum lugar... escondidos em mim. Estão entre as bases nitrogenadas e num canto das mitocôndrias.

— Que legal. Eu fico deprimido, às vezes. Mas eu tenho razão.

— Eu ficava com uma felicidade de plástico... e tudo sem beber. Parecia uma cura, um milagre. Acho que não era.

— A fome é um padecimento tão mais fácil.

— Eu não existia mais, fora a caricatura de felicidade e dos... impulsos. Era tipo uma configuração que me levava adiante, pro túmulo, pra restar um alívio.

— Ah, os túmulos. Ali não tem mais fim.

— Alívio meu ou dos felizes crônicos ao meu redor. Todo mundo tinha medo de mim, do meu baixo astral, das perguntas, dos surtos. Que saco.

— Realmente. Sei como é que é.

— Sabe?

— Ser louco. Isso é corriqueiro, penso muito sobre esse assunto, essa condição.

Ela sorri e ri, tentando se conter. Egocêntrica, bonita, belo corpo. Feio, pobre, mendigo. Meu nome é falso e nem é culpa minha. Eu morava no cemitério, bu. Minha cabeça começou a doer do nada. Bu pra mim.

— Pensar não é fácil e não é cômodo. Fui praticamente conduzida algemada pra um psiquiatra, pelos amigos.

— Que droga. Deprimente.

— Todos tão sádicos e felizes, eles e o Prozac deles. Depois, gostei do... estupro.

— ... Ah, é?

— Fico até feliz. Meus dentes ficam cerrados de tanta felicidade, nas *selfies*, você precisa ver. Quer ver uma foto minha e da minha noiva? Ó.

— ... Combinam. Muito.

— Algo em mim dói e odeia, mas eu nem tô aí pra mim. Afinal, eu estou besta de tão feliz... e calma. Isso tudo é besteira. Só rindo mesmo.

Uma maluca de estilo. Almas gêmeas? Singularidades semelhantes por não se semelharem a nada.

— Sabe que o Joyce foi diagnosticado um esquizofrênico bastante multilíngue pelo Jung? O Joyce e a filha dele também, Lucia. Joyce "falava em línguas", os loucos antigos eram dessa tradição antiga (falam por aí). Um clássico da modalidade. Claro, Joyce tinha grande conhecimento de causa, uma base de cultura toda para ir longe demais pensando em vários dialetos até.

— O James Joyce se tratou com o Jung?

Ela conhecia Hamlet, Joyce e Jung. Pessoas estranhas éramos. Do passado dos livros.

— *Finnegans wake* realmente joga a gente num mundo paralelo à parte — a loucura se conta, em vez de a uma história, e a gente inentende para sempre e entende o símbolo como ele deve ser, sem fim. É a loucura clássica por excelência. O que dizer do Blake? O Blake, coitado, via e ouvia muitas coisas no ar, falava com Moisés, com Jesus e com o anjo Gabriel, era de uma maluquice megalômana de respeito, coisa de altas poses. Não aceitava delírios pequenos. Daí pintava, desenhava e gravava em madeira figuras intrigantes e escrevia poemas meio simplórios por fora e icônicos. A piração dele pairava no ar, mas ele, não. Os loucos precisam comer, alimentar os filhos, e ele ganhava a vida com o talento limítrofe. E daí? Ganha-se a vida e da vida do jeito que dá.

— Você tem boa informação.

— Substantivo certo. Graciliano macho-duro quase vomitava quando se aproximavam *gays*, não podia nem comer refeições preparadas por homossexuais e, na Ilha Grande, o cozinheiro... adivinhe. Graciliano não lia Proust, porque "não, não lia veados". Graciliano era mestre do texto e o texto curava sua provincianeidade, de certa forma. Seu texto falava curto e grosso com a verdade mais bruta lançada na cara dos miúdos do país e do mundo. Proust ficou escondido dez anos em seu sótão de lembranças. O cara, que era um burguesão herdeiro, só saía à noite para passear pela Paris toda transtornada pela guerra. Ele comia vez ou outra alguns linguados no capricho, uma vitela, algum vinho, entre um café com leite e uns biscoitos da vovó. Comia chique e cheio de olheiras fundas, entre uma linha e outra garatujada, de sua catedral de papéis emendados, os originais daquela *Busca do tempo perdido*. Uma bíblia mundana de papéis remendados. Morreu jamais sem palavras. Estava em cima da cama, tinha 50 anos, tinha barba negra crescida, tinha olhos fundos de asmático praticamente tuberculoso, tinha cadernos amontoados sobre ele, morreu enterrado na obra. Alguém pode me sugerir que esta timidez mórbida é comum? Esta realidade não é obra de um lunático muito grande?

— Linguado com creme de aspargo... era um dos pratos dele. Fui numa convenção em Paris e serviram este prato, era a Noite Proust da semana. Podem ter inventado, mas o prato estava... ótimo.

Outro indício estranho, talvez preocupante, grave e final. Viajar pra Noite Proust, em Paris...? Só podia ser parente. Ou minha ou dele.

— E a infeliz da Virginia Woolf, ela estendeu tanto seu cérebro feminino que a loucura característica da espécie foi, claro, junto. E os abismos encontrados lá... mostram doenças mentais muito bem autodiagnosticadas.

— Você leu Virginia?

— Vai que fosse um passatempo dela também. E o Nerval? As brumas do autodesconhecimento dele, em *Sylvie*, entretanto... salvam a gente de ter de conhecer o autor. Conhecer Nerval sem bruma nenhuma, uma generosidade usada por um fervor subjetivista e impressionista de rara qualidade.

— Humm.

— A mente de Nerval estava dando sinais de uma certa cisão. A mente do cara tinha acabado de dar um salto mortal sobre areia movediça e não conseguiria se imaginar... muito tempo... voando. Sua mente estava embaçada. Daí as brumas. Porém a mente dele poderia, de certa forma, em favor da própria sobrevivência, meio que se lembrar da lucidez toda, aquela que subsistira. Uma lucidez subjacente à derrota ante a vida. E, imaginativamente... esta lucidez haveria de se transmudar num gestor sobrenatural de toda a insensatez, de toda a confusão. Da loucura ao redor da mente sem eira nem beira de Nerval. Todo o senso, oxalá perfeito, de observação e pensamentos profundos anterior àquele entroncamento fatal, toda a lucidez perdida haveria, destarte,

— Des-tar-te...? Meu Deus.

— ... de se tornar consistente. Um livro, uma história final, uma mente representada em sua completitude intocada pela morte logo adiante. E o Sade? Embora me doa — o cara era um tarado. A natureza pagasse a ele por isso. Isso é, as amantes dele, todas torturadas (algumas gostaram). Uma bela natureza. Nesses tipos, quanto mais bela a moça, maior tinha de ser a surra. Mais a humilhação, o afeamento. Tudo em função de ela pagar sua taxa a quem não podia, senão... submeter a natureza ao próprio erro. E disto resultasse a máxima utilizável: o erro manda. O erro é superior, a perfeição é tão só... o início do trajeto, sem ele, o erro, a lhe surgir à frente. Uma moral da doença. Sade merecia uma surra ou uma cura, sem dúvida. Aqui vai meu murrinho em sua moral fraca. Isso doeu mais em você do que em mim, Sade, desculpa aí, mano.

Usar a loucura a seu favor é uma arte. Se não toda ela.

— Você falou... destarte?

— Gostou do detalhe de decoração? São essas bibliotecas pouco atualizadas de faculdade, eu sei lá. Não posso criticar essa antidepressivomania. Vai ver eu também tomava isso. Podia tomar antidepressivos, quem sabe? Eu podia ter... dinheiro, inclusive, ou ser um pedinte do SUS. Pronto. Implorava pra os caras me darem de graça meia fluoxetina todas as manhãs, escondido. Eu chorava pela "piedade aê, manos, é nóis, senão eu não vou ter: eu mato um, nem que seja só eu. Dá logo aí a bolinha!" As funcionárias ficavam com medo, os loucos têm esse poder, e davam o remedinho. Eu saía logo dali mais tranquilo e todos ficávamos felizes. Eu, por umas duas horas. Posso ter sido dependente durante anos, igual a você. Isso não acaba bem.

— Tem alguma ideia de como... aconteceu...?

— Como aconteci?

— É.

— A amnésia não ajuda. Eu escrevo ou escrevinho. Sou amador, mas, tenho certeza, já dou muito trabalho pros leitores que nem existem ainda.

— ... Meus parabéns.

— Bom, escrevi uns textos. Um deles pelo menos é genial.

— Nesse tempo de... depois...?

— Não vamos lembrar disso. Eu estou decidido e em furor literário, sério. Ressuscitar revigora a gente. Você é prima do Proust.

— Quê?

— O mano Proust.

— Não! Donde tirou isso? Eu sou editora de livros.

— Que romanesco nosso encontro, então. Puxa. Deus não está nos dias mais, entendeu?, inspirados.

— Sou tradutora de nascença, posso dizer.

Sotaque gostoso. Dava vontade de comer, sinceridade. Vi os seios. Bela curvatura.

— Traduz ainda?

— Também. Pode ser essa a vocação da sua vida. Entende? O destino fez você esquecer a vida anterior...

— O advérbio certo e chato é: completamente.

— E a vida deu pra você outra... vida.

— Dimensão.

— Outra chance.

— Ou outra morte. Enfim, é a prorrogação. Cuidado, logo vêm os pênaltis.

— Nesta nova vida você vai poder... desenvolver os seus dons reais? Não sei, pode ser.

— É tão romântico que eu amo a tese. Alguém que sabe quem eu sou pensa em mim. Obrigado, cosmo. Penso em você aí em cima também.

— Uma outra encarnação, existindo mesmo e sendo adiantada... pela... misericórdia de Deus.

— Foi uma revisão de texto, o personagem mudou tanto que nem lembra. O personagem sou eu. E eu nem lembro.

— Escolhido para esquecer. Hum? Olha aí um título bacana pra você.

— Não esqueço essa.

— Você conheceu o professor Guimarães roubando o computador dele na faculdade?

— Cuidado com o seu. Roubei, sim. Mas, antes, teve toda uma preparação, eu contei toda a minha não história pra ele, ele até entendeu. A pessoa, quando é compreensiva, ela é até no papel de vítima e ela vai perdoar você. Principalmente se o ladrão dá tanta pena assim. Eu roubei... porque nunca me deixaram usar e aquela maquineta era onipresente na universidade, todo mundo estava conectado nela. Eu roubei e até armei a minha barraca de mendigo do lado da universidade... pra roubar o *wi-fi* deles também. Não deu muito certo. Nossa, na internet tem de tudo. Pornô, então...! Vixe.

— Humm.

— Na verdade, é mentira, doutora.

— Doutora?

— Dona... Excelentíssima.

— Ruiva.

— É brincadeira. Eu conheci o professor antes e, na verdade, eu roubei o computador de outra pessoa. Eu nunca ia trair assim um amigão igual ele. Não se preocupe. Eu nem queria *wi-fi*... eu queria é o editor de texto. Sei lá, um papo interno me pediu passagem. Nós aqui conversamos e eu roubei como parte do acordo. As aberrações não aberram à toa.

— Você roubou... e aí?

— Devolvi tudo funcionando e enxuto quando me pegaram, fui exemplar. O professor Guimarães me ajudou muito na vida, eu era um bebê de quarenta anos (ou... sei lá)... e ele me deu emprego, conversas, conselhos, muita indicação de textos e vasta bibliografia. Me deu seus livros e me passou indicações de apartamentos e quartos baratos ali perto de Moema. Não tinha nenhum de graça, daí tive de morar na rua, mas as intenções dele foram de pai mesmo. Só passei chuva e necessidade na rua umas semanas, besteira. Pra quem já morreu, o que é isso, não é verdade? O professor estava escolado até em restaurantes baratos de São Paulo. Ele conhecia todos, acho. Professor, ensina aí um à parmegiana de frango a vinte reais. Ele sabia a quinze. Era um catálogo de equações, fórmulas e virados à paulista.

Uma hora, eu pude sair da rua, coitado de mim, e aluguei um quarto numa pousada para estudantes pobres (bem pobres mesmo, profissionais no ramo; bota pobre; experiência e pós). O professor Guimarães soube onde eu estava e... imagine, sempre me levava marmitas aos domingos. A pousada era lá na Praça da Árvore e o sujeito saía da Vila Madalena e ia... lá. Era um perigo mortal, se a gente considerasse o carro do professor, modelo 96. Sei que ele levava a marmita, sem falta: frango à cabidela ou frango cozido com macarrão e farofa pronta. O professor não variava, era sempre generoso.

— Ele era um doce.

— Era um grande sujeito. Já eu, era um estorvo e um enigma de respeito pra ele, também. Ele gostava de charadas. Uma do meu tamanho eu não me lembro.

— Química e Física. Onde aprendeu essas coisas?

— Lendo. E daí? Aprendi a mentir assim também. As aberrações querem escrever, dona Ruiva.

— Dona... não.

— Escondidas, as aberrações entendem o mundo e ainda ganham dinheiro com isso — um a zero.

— Interessante. Você leu Sade? Não acredito.

— Uma tortura. Pra onde estamos indo? Esse carro tem cheiro de novo.

— Ainda bem, ele é novo.

— Citroën. Está bem colocado no mercado?

— Não me decepcionou até agora. Tem uma semana de uso.

— Pouco menos que eu.

— Tenho um apartamento em Botafogo. Lá é um pouco... quente. Vou instalar ainda esta semana ar-condicionado.

Uma pessoa rica me ajudando. Isso me fazia um súdito vassalo capacho finalmente feliz. Olhem meu indicador abanando, pra lá e pra cá.

— Tem uns ventiladores de teto lá. Eles rodam, rodam e ajudam um pouco você. Deus, eu odeio calor. Odeio.

— E mora no Rio?

— A pessoa fica pegajosa e querendo chegar logo, nem se for no... túmulo.

— Faz sentido, é bem fresco lá dentro. O calor é... um detalhe, ele faz você perder o fôlego, todavia, por outro lado... eu adoro tomar banho. É. Verdade, recém descobri isso, junto com a mania de comer doce. Deve ser a vida.

— É meio pequeno lá, no apartamento.

— Há buracos menores, se bem que frescos.

— A vizinhança não é grande coisa, só que... tem uma padaria boa na esquina.

Na "eshquiãna", ela disse. Um sotaque de charme longo.

— Experimente os sonhos e os bolinhos de camarão rosa. Você vai adorar.

— Desculpe: naquele modo *notebook*?

— Não! Não vai me roubar a padaria da esquina, eu conheço o dono faz vinte anos. Tá? Está precisando de um dinheiro, pra passar uns dias... quanto?

— Uns pratos e tá bom.

— Vou arrumar o dinheiro pra esse mês. Tem perspectiva de emprego... novo, sabia? Com o meu irmão, você tipo... ia secretariar... não é?

— Eu era um estudo promissor.

— Na editora, pronto. Vai ser um emprego.

— Para pobre, eu sei. É a minha cara. Tem menina bonita lá na rua?

— Se comporte lá. Morei naquele apartamento seis anos, foi o meu primeiro imóvel aqui, quando fui morar sozinha pela primeira vez. Minha família é de Recife.

— Eram ricos lá em cima, vieram pra cá. Não deve ter sido difícil a adaptação. Sabe que seu sotaque... mora mais perto?

— É, eu peguei rápido o carioquês.

— Viu? Adaptação fácil.

— Nordestino com carioca, eu formatei numa tendência só, foi uma seleção pessoal natural. Se você aproximar os ouvidos, tem uma nota com "é" e "ó" lá embaixo das palavras. Hã?

— É.

— E ó.

— Parece a Clarice. Só quero comer alguma coisa, fora a poeira de cemitério hoje. Nem se for macarrão com frango... e farofa pronta. Você me salvou, deve ser sina da família. Obrigado.

— Depois do apartamento, você me agradece.

Comecei a trabalhar na editora mesmo. Como eu sabia escrever? Uma questão intrigante e aceitante de todas as versões de resposta possíveis, já que nem eu sabia. "Como, mano?", eu me perguntava na própria escrita, e, quando via, já estavam lá nascidas quarenta páginas a se perguntarem todas elas o mesmo, por mim, em uma hora e meia de escrita maquinal. Apenas dois dedos — era o "clique" e era o "cloque", eu os chamei assim. As páginas se perguntavam, me perguntavam, perguntavam a você aí e aí — e aí, manos? E a única coisa certa era a premissa a ter dado propulsão àquele redemoinho feito de uma questão só. Dois dedos, eu falei, verdade: o resto dos dedos da mão nem funcionava direito. Sequelas, coisas da minha cabeça.

Os textos surgentes eram as minhas "cartas de dúvida". As "cartas" de Montaigne a ele mesmo.

Comecei por escrever textos no *site* da editora sobre novos lançamentos. Depois, foram os velhos lançamentos, em revisões. Eu gostava de revisões de texto, eram as minhas. Eu era uma, de certo modo — vai ver daí toda a afinidade. Na sequência da subida, pequenas resenhas de apresentação de livros. Eu crescia, estava na onda e surfava já com planos de um surfe diferente. Saltasse no ar, da prancha, mais metros na vertical, seria ouro olímpico. Eu estava destinado a grandes recordes, desde que o esporte fosse de minha autoria também. Depois apareceram... textos de apresentação de autores franceses. Eu passei a ler os franceses jamais sem ardor; eles me ensinaram a ser claro e complicado ao mesmo tempo e todos entenderiam o principal, eu era francês, "profundo e um pouco chatê". Entre nesse clube, mano. Eram belas coleções de subordinadas, todas bem encadeadas, e, ao fundo, o autor livre. Eu precisava aprender qualquer coisa, sei lá o quê. Mas deveria.

Quem era você, mesmo? — me perguntaram no trabalho (inclusive a Giselle, uma moça bem ajeitada, aliás, bem nova, recém-noiva, interessante).

Pois é...! Quem era eu? Eu sabia algumas coisas. Essa eu ia ficar devendo, Gi. (Bonita ela; uma graça).

Eu era muitas coisas, porém, só agora, "era" de verdade. Isso nada diz, entretanto a oração tem um... apelo, um encanto a esconder, sob ouro, o abismo de betume gelado onde meu eu, no fundo, ainda jaz adefuntado. Tenham restado versões jazzisticamente improvisadas deste adefuntado? Vai ver era o que restara.

Eu... morri. Acho. É. Como é lá? Eu não lembro também. Não lembro nem meu nome, acha que eu ia lemb...? Não, né, mano?

Eu morri, porém ficou minha imaginação, e ela já se imaginou dona de muitas prendas. Sobreviveu à concretude de seus anseios, isso o que ficou na superfície da parada toda.

— Curioso pra valer.

— É. Esse sou eu. Estou escrevendo um livro de verdade agora, Ruiva. Profissional, longo fôlego. É na Remington dos anos quarenta da sua casa.

— Meu Deus, você tá usando aquilo? Era do meu avô, juro. Nem sabia onde andava...

— Que peso, hein? Coisa velha e que funciona, eu me identifiquei muito. Tem um estilo meio escandaloso. Os vizinhos já estão cansados de saber da minha escrita de madrugada. Eles não leram e já detestam até a última página. É a minha crítica atual. Estou começando escolado nesse negócio. Se alguém ler o texto... pode ser que goste, sei lá.

— Cuidado, o vizinho de cima é um militar expulso da... corporação. É uma pessoinha... complicada. Quis dizer, armada. Bem armada.

— Não deve ser legal. Qualquer coisa, aquela máquina pode ser uma arma mortal também: como pesa aquilo...! No pé, mata. Começa amputando o mano. Não vou desistir, Ruiva... eu gosto tanto de mentir. É minha vocação. Verdade.

— O que quer fazer?

— ... cunho sexual?

— Não! Quer que eu leia quando você acabar? É sem compromisso.

— Compromisso não é mau, às vezes.

— Quando acabar, me traga. Certo? Acabou seu horário de almoço de novo e você ficou aqui e...

— Pois é.

— Vai pra sua mesa, Alberto. Vai lá. Tem os prazos.

— Já acabei.

— Quê? O serviço?

— O livro.

— Você tá no Rio faz duas semanas. Que livro é esse?

— Eu nasci com quarenta anos, eu sou bem rápido. Daqui a pouco faço sessenta. As coisas morrem.

— Você tá mentindo.

— Em todas as linhas. E é tão bonito, de verdade. Você precisava ler.

— Será?

— O panorama é... real. As verdades sentenciais lá dentro também.

É pra engambelar as vítimas; quer dizer, a clientela; quer dizer, os leitores; quer dizer, você.

— Obrigada pela atenção. O trabalho está esperando na sua mesa.

— Não posso dizer o mesmo. Trago amanhã o livro.

— Não prometo nada.

— Bom título.

— Modéstia.

— Outro bom. Não pro meu livro, claro. Cairia bem no original desse tal... Reginaldo Assis. Ah, essas más conexões.

— Você leu o original do Assis?

— Você nem percebeu, viu? Eu não incomodo, presencialmente. Igual o livro do Reginaldo. Você pode até dormir com ele do lado. Você lendo ou não lendo o livro, ele é sempre seu amigo.

— Ele é um...

— Escrituber. Eu sei.

— Tem uma fila de seguidores na internet, faz sucessinho na rede, tem seu público cativo.

— Que prisão pequena de merda.

— São negócios. Ele é. Ele vende, porque se vende... essa é a mágica. Ele é um produto superfalante e tem... os subprodutos, os derivados dele que... ãã vendem a ele também. É a forma de ser onipresente, igual a rede é. Entende? Quem se parece com ela... vende e ganha o jogo da seleção artificial, no final. Vender é uma arma poderosa no nosso mercado. Venha já com leitores e o final da história vai ser feliz.

— Que legal. Não foi o caso do livro do Reginaldo. Nem o final foi feliz, nem o meio, nem o início, nem o título, nem o papel rosinha do livro. Podia ser uma boa tragédia, então, se não fizesse rir tanto. Nem eu acabei muito feliz, depois de rir muito e quase passar mal. Tudo bem, eu fui discreto, ninguém ouviu. E ele se chama "Assis", nome falso, né? Meu Deus, sonho de instrumento é instrumentalizar, sempre repito... mesmo se pra ninguém. O Reginaldo devia ser preso por alguma acusação fictícia

— claro, não dele, de alguém do ramo, senão essa trama também não ia dar certo, ia ser chocha demais. Ah, Reginaldo...! uma tragédia e você nela, aí ia dar bom livro.

— É a vida que segue, Alberto. Ou seguimos, ou ficamos correndo na frente e ela pode atropelar.

— A vida segundo o dinheiro.

— É. Acabou? Para de ficar me olhando assim! Que coisa! Eu estou ficando nervosa e com medo de você já.

— Eu não mato, eu só morro. É um estilo, lembre.

— Sei. Vai pra sua mesa.

— Trago amanhã.

— Sem compromisso.

— Outro bom título, pro Reginaldo.

O ESQUECIDO foi publicado dois meses depois da primeira correção muito ousada tentada por ela, Ruiva Almada. Minha senhora Shaw Weaver. O professor Guimarães havia sido meu professor Germain. A literatura era minha vida; farsa, sim; mas, lá no fundo... debaixo do angu... tem.

A correção de Ruiva não deu certo, eu avisei. Era só violência contra minha originalidade. Venceu a narrativa, ela estava completa, inexplicavelmente. O *DNA* não se negava.

Muitos gostaram. Ficaram curiosos. Eu também. O texto guardou bom impacto inicial e os elogios surgiram em par com os *haters*. Os elogiantes tinham lido para ver até onde ia minha casca de originalidade no livro e pensaram (com boa argumentação) ter conseguido. Parabéns a eles, e a mim; nos falseamos jamais sem talante e talento. Os *haters* xingaram minha mãe, minha avó, meu pai, meus filhos e eu ficava por último na hierarquia dos xingados, este o meu vero lugar, eu, esta besta, entendesse. Minha mãe, quem quer fosse, não se importou também. Este nosso comportamento de família discreto, morigerado e estoico granjeou ainda mais elogios entre a gangue pensante da cultura. E, do outro lado, lá vieram mais palavrões, reforçados. Os antis queriam me matar e os latidos davam conta perfeitamente da sua vontade — eram escrita claríssima. Parabéns a eles também.

Não era tempo de literatura, só da nanica. Nada de pensamentos oceânicos, só os já chancelados pelas mídias da época, meio terraplanados até por necessidade prática e de espaço. A instrução norte-americana era flagrante, na metodologia da prática. Eram pensares e ponderares necessariamente pré-fabricados. Casas assim eram mais seguras. Argh!

Os pensamentos, só se fossem comprados. Afinal, a internet era o cosmo segundo o mercado, de sorte que valor de venda era o item de significação predominante pelos corredores de *megabytes* daquele centro comercial transnacional. Qual valor de mercado terão postulados terroristas quanto àquele universo de vendas? Valor baixo, manos.

No Brasil, é um pouco mais temerário ser da área de cultura letrada. Não me leiam mal, mas é. Os livros almejantes de sucesso tinham de confirmar a desnecessidade de alguém os ler. Muitos autores, como o Reginaldo, por exemplo (aí, Reginaldo, é nóis), eram premiados com altas compras, por serem o exato produto esperado, mano. Uma planta artificial para o canto da sala dá bom arranjo e jamais dá trabalho. Comodidade é a lei do paraíso moderno. Fique tranquilo(a), sim, cliente. Reginaldinho é decorativo, é útil, é objetificável e, nessa perspectiva, as capas legais dele faziam toda a diferença. Eram, porra, praticamente tudo do livro — um estrategista de respeito, vamos respeitar esse cara. O pensamento estava morto também, em um caixão confortável, luzes mornas piscando, tecidos vermelhos relaxantes, isso era o mínimo a ser desejado/solicitado/oferecido numa época de tantos recursos e tantas madeirinhas falsas bonitas.

Os livros bons nasciam arrependidos de nascer, era isso. E eu resolvi, o meu também se arrependeria de ter nascido, porém... só ele não. O público também. E também a crítica meio esfarrapada, os jornais, os marqueteiros de rede, a Ruiva. Uma opção mais ampla de arrependimento, muito mais abrangente.

Ruiva era bonita, bem bonitona, era bem-relacionada, era competente, tinha boa índole, boa bunda, claro, tinha boas intenções (e bons seios). Era inteligente, claro, e rica. Tem gente que parece ter vindo para cá com um bom apelo de *marketing* junto ao Senhor, à natura, às hiperconexões quânticas, de continuidade sem fim, sem tempo, sem finitude, à consistência da superestrutura da lógica da existência.

As minhas intenções, Ruiva: as melhores. Deixasse que eu as mostrasse para você ver. Não? Nem um amassinho?

Não. Ruiva gostou de mim, coitado do ex-mendigo. Ela sentiu incredulidade, curiosidade, compunção, pena, compaixão cristã, uma certa admiração pelo talento mais doido que o portador (faz sentido), sentiu um interesse heroico por narrativas esdrúxulas (a natureza copiando Dali). Foi ela compulsada por um idealismo profissional a sério, grave (e, ao apostar em mim, praticamente trágico). Ruiva quis me dar, contudo resolveu ser mãe, irmã e só lésbica mesmo. Constatação, após estes anos. Tudo bem, eu chegara tarde ali também.

Acabei, um ano mais tarde, padrinho de seu casamento com Mora (Mora era uma beleza também! Ô, Mora... beleza, hein?) Ela e Mora daí foram madrinhas do meu casamento com Catarina. É, Catarina, uma pessoa surpreendente. Não à toa ela está logo aqui. Que atriz.

O esquecido vendeu. As pessoas se lembram dele até hoje. Virou passado real, portanto. Não é irônico?

E vendeu no Brasil. Eu era uma fonte de milagres. Porventura devessem rezar para mim, além de por mim. A primeira edição de *Memórias póstumas de Brás Cubas*, de 1881, segundo maior romance brasileiro (*Dom Casmurro* viria anos depois), em remessa vinda direto da Gallimard francesa, de navio (imaginem), vendeu 13 exemplares para começar (mal). O pessoal demorou a descolonizar por dentro. Por fora, tinha sido só o começo.

Eu era um milagre a ser lido. Este, aliás, era o título da resenha do fato. Vendi, meu Deus, eu sou um produto feliz agora. Me senti bem como um fluxo de capital a crescer, crescer, crescer. Rindo no meio do processo. Eu, agora, é que estou em toda parte. Eu sou uma nota de cem dólares — olhe bem, uma risada larga naquela efígie.

Lembrei-me de uma coisa importante durante o processo de escrita. A criação era minha, sobretudo de mim. Tratava-se de uma autocriatura, portanto, e ela haveria de ter precedências em relação a divindades espalhadas pelas crenças religiosas e metafísicas por aí. Ou, quiçá, se trate disso, o ser cosmológico e sua consciência supraespacial haveriam de forjar o próprio passado em todos os meandros, as *menaces* plausíveis, as probabilidades de sua existência, até atingir-se finalmente a marca de um fim pleno, o fim do tempo, por impossibilidade de prosseguimento, de prolongamento. A perfeição de todas as histórias juntas — elas a forjarem o que não mais necessitaria de uma história. E que a eternidade (a inexistência após este processo de construção espontânea de um nada, de súbito surgindo como a possibilidade de tudo ter havido), que tal átomo no espaço, que tal núcleo de tempo se convertesse numa morte para sempre. A perfeição haveria de ter sido superada.

Coloquei essa patuscada no introito do livro, de cara. Ruiva ficou embasbacada, acho. Que é isso? Ela teve trabalho para sorver meu livro, o veneno atrapalhava um pouco a digestão. Ela resistiu e meio quis apresentar a sua fórmula antiofídica à eternidade, ao público, aos caras, e lá foi a primeira edição. Vieram ainda outras. O estranho não descansava nem parava ao redor de mim. Que estranho.

Eu tinha um certo estilo curioso, livre, imaginativo, analítico, verdade, era meio chato, contudo no final iluminava, ganhava por pontos a luta. Tinha clareza e leveza, este era o meu maior peso, segundo o crítico Chaves Paramounte — olhem o nome dele.

Paramounte. Um nome desse eu nem inventaria. O portador do nome, aí eu inventaria. Deixaria escondido no coro dos estereótipos. Um coro desse dá consistência ao panorama das cenas.

Eu não era fácil e balas eram leves, facas também. Eu esmurrava, atirava e matava e as pessoas do público ainda riam — isso era talento raro. Eternidade não apenas a mim, a vocês também, manos.

Outro crítico, Joca Barotto (olhem o nome desse aqui, é um maroto camuflado), mandou sua carga antimíssil lá da sua coluna de jornal

e de revista de literatura — "mais umas décadas e 'a coisa' 'depurar-
-se-ia": teríamos, então, um criador brilhante "por fora e dentro", um
"multipolido."

Um inofensivo de academia aposentado. É, Barotto, um dia eu
chego lá também. Esquente meu lugar aí em cima, divindade. É preciso ter calma, um certo epicurismo e Lexotan no bolso. Eu sei.

— Um... bom começo.

— Só isso, Ruiva? Bom começo? Pera lá, desculpe: isso é o fim.

— Quem diria! Agora você tem um nome que tá virando mais conhecido que o meu no mercado.

— É minha história. Quem acha que está escrevendo? Podia ser eu.

A narrativa de *O esquecido* era realmente um pouco difícil de esquecer. Não como esta piada boba. A história era curiosa, furiosa, amontoada, plausível, era um novo real, de certa forma. E este era o real certo, as entrelinhas sobrepostas à real realidade da linha de texto. Quer dizer — era isso tudo pelo menos segundo o texto de orelha do livro, de Vítor Pasquim, um escritor de renome da editora, um paulista com estilo em talhe surreal. Era de São Bernardo do Campo.

Jan Moraes Pinho tinha nascido um cretino comum, um babaca, um chato. E tinha um talento curioso, porque a natureza é sábia nas piadas. Ela as conta cheia de habilidade, começo ao fim, sustentando o clima e o gênero, cheia de nuances e pormenores risíveis — até o riso final. Jan era um imitador impressionante, de primeira linha, um imitador de pessoas, de ideias, de fórmulas gerais, de atores, nacionais e estrangeiros, de celebridades, de *slogans*, de bordões de tevê, de frases fáceis. E um dia... ele ascenderia em seu estilo. Um dia, Jan, coitado, faria teatrinho de sombras nas paredes, distração de desde pequeno... e ascenderia. Ele aperfeiçoar-se-ia em sua arte, de súbito chegando às raias da mídia e do poder de influência. Já sabia até quem imitar nesta hora de glória: um *mix*, uma poção mágica de Chaplin, Hugo Chávez (a cara de pau) e, talvez, algo entre Elton John e Churchill. Homenagem lata, larga aos ingleses. Que autoconfiança.

Confiança em si, sim. Confiem, isso era Jan Moraes. Não obstante, a verdade era, o tempo passava... seus vídeos no

Youtube até tinham alguns acessos, sua propaganda paga em blogues "artísticos", seus modestos jabás para cenas picantes de suas imitações aflorarem ao conhecimento público — isso tudo persistia e a carreira... não ia bem. Quer dizer, ela seguia como sempre. Era o sistema.

O sistema era errado, Jan estava certo disso. Havia toda aquela gente, uma massa disforme espalhada por jornais, revistas, tevê, mundo editorial, mundo acadêmico, mundo artístico. Aquela gente imitava e repetia, os caras se davam bem e, no tópico imitar, Jan... era imbatível. Injustíssimo.

Daí ele engolia o ressentimento e seguia, cabeça erguida. Olhava sempre para o alto, detestando ver no caminho aqueles semáforos de São Paulo, quando levava os passageiros, de manhã ou de madrugada, a festas quentes ou para casa. Era o jeito, mas isto não o poupava de ser um motorista de aplicativo infeliz. Tudo na sua vida parecia passageiro. Passageiro demais.

Tinha sido funcionário público durante um tempo. Dera-se: tinha imitado a chefia da repartição, na cara da chefia da repartição, quando estava em período probatório ainda. Um deslize (em excremento próprio). Uma burrice, porém Jan preferia escolher os nomes menos rudes para o seu caso também, sempre imitando os caras dos vídeos do YouTube, do jornal, das revistas, todos os chatos. Só que eram chatos de bom teto, porra. A chefia imitada era gaga e ele imitou igualzinho o gago. Talento, sim, tinha. Porventura para um outro ambiente.

Houve um processo administrativo ultrarrápido, simples. A burocracia, quando quer, atrapalha apenas o alvo certo. O contrato de Jan foi cessado, justa causa. Imitar era perigoso, um fator de subversão; e ele era o melhor, isto ele queria levar todos a entenderem. Não me imitem... mas riam.

Um dia, finalmente, alguém parecera ter apreciado seu talento. Ele sabia.

Mandaram uma mensagem a Jan, um telefone a ser (?) "acessado" exatamente num certo horário, sem mais nem menos. Um contratante de *shows* discreto. Talvez fosse... do PCC, mas, enfim, a democracia do artista estava na bilheteria livre a todos os honrados e vigaristas. Somos todos iguais nessa noite, na plateia, queremos esquecer quem somos, em regra, e apostarmos em sermos até mais. Uma justificativa boa.

A proposta de trabalho referia-se a... apresentações teatrais...! Apresentações teatrais itinerantes. Humm. Eles necessitavam de um talento de fato artístico no "bando", para a coisa dar certo". Um bando de palavras estranhas.

Então, Jan ligou, e a voz do outro lado assegurou: as pessoas pagariam a cada espetáculo! Era só escolher os lugares e o público certos.

É, pouco antes do tempo de Shakespeare, havia aqueles teatros itinerantes: eram carroças. As carroças ficavam em pátios de grandes casas, mansões e, ali, sobre o veículo comprido, os atores cumpriam as peças e a arte cumpria sua sina e distraía o público das sinas dele. Era um bom contrato.

"Bando" ele tinha falado? Era... da Gaviões da Fiel? Que bando era esse?

Não tenho times. Eu torço pra eu vencer, e sou fanático, rezo muito.

Deram um endereço completo a Jan. Ele deveria usar todo o seu *know-how* e todas as suas habilidades logo de cara, num primeiro espetáculo. Não disseram qual a peça e Jan perguntou, vão rir... dela? O contratante disse: Ah, nós vamos, sim! Jan suspeitou, era especialista em tons de voz. Era ele mesmo, então, que trazia a proposta do Mefistófeles: o mundo da arte, do *show business*. Jan chegara lá. Era só ser egocêntrico, desonesto, brutal e malandro... e ficar rico igual a todo mundo. Pronto. Ele haveria de imitar todos muito bem, e, tantos exemplos adiante, não lhe faltariam. Inclusive, variações ao tema e *leitmotivs* a assegurarem a sua assinatura na hora dos pitis em público.

Ele sabia dar... pitis? Não sabia. Treinou no espelho alguns, sempre a pensar no futuro. Mesmo falso, este futuro um dia haveria de vir, como tanta coisa falsa mais no mundo da arte e do espetáculo. A fama estava ali na esquina, igual a uma prostituta, mas era puta bonita.

Chegou o dia. Jan foi de ônibus ao local. Ele estava embrulhado numa mera camisa Hering branca, vestia um *jeans* surrado, discreto, nos pés um All Star vinho. Estava um anônimo perfeito à ocasião. Haveria uma... pelo que entendeu... uma breve entrevista de emprego, e, logo após, se aceito, já o texto e o "modelo de imitação" seriam apresentados.

Espero que seja o Maluf ou o Sílvio.

Na breve entrevista, o sujeito atarracado à frente de Jan pareceu estar apenas rechecando dados pessoais. O sujeito entrevistador recebia as respostas e ticava num papel, sem mais esforços. Parecia tudo decorado, quer dizer, Jan estava na ponta da língua. Tinham provavelmente tirado todas as informações de *sites* da internet ou de *sites* bancários, na Netflix. A vizinhança pode ter colaborado com o banco de dados. Jan confiaria mais em bandidos, de algum bando. O certo era: tratava-se de um pessoal de poder transversalizante à cata de informações de respeito, penetravam em cadastros até do governo. Bom, dinheiro, então, havia. Que bom.

Jan era um pobre solitário pobre (família de origem mineira, quase toda morta, parecia; faltava Jan). Uma tragédia pronta, era só ele mesmo contar. Usasse as frases de efeito certas e os decorativos certos e todo mundo acreditaria nele. Até profissionalmente, até patrocinadores. Um monólogo dramático, uma autobiografia em cena, e todos na plateia chorariam perante a real piada, num verdadeiro jogo de transe coletivo. A palavra era... poder da palavra. Palavra.

Jan, aquela besta, era também vítima perfeita para o *grand monde*. Não seria seu bom-destino acabar esmagado por algo grande, massivo, vai ver pelo mundo todo, mesmo um mundo mal-representado? Esta era a maior chance de Jan, na verdade, de ter um papel secundário de destaque e de ter um nome zoado para sempre — ser eterno, em todo caso. Sim. Seu nome estaria presente em várias piadas. Sorria, Jan.

Jan Moraes era um pobre solitário de 31 anos, a meia-idade da juventude, em que havia força suficiente física para curvar todo o mundo à sua vontade. E, caso tão só centenas de mulheres se curvassem, tudo bem. Era questão de amadurecimento aceitar esta limitação da vida natural. Era natural. Era aceitar a porcaria do mundo como ele era — e comer tudo. Gengis Khan estava errado?

O entrevistador lançou à cara de Jan: era fazer a vida ou não fazer, ali, naquele momento. Decida, sua besta.

Vida sempre faltava para ele. Ele topou.

Jan estava contratado. Agora, era saber do "pojeto" deles, segundo falou Cardosão. Cardosão era o entrevistador atarracado e, por acaso, o chefe. Ele tinha uma dicção peculiar e era um dos mais falantes do grupo. Eram seis. Era se consolar e agarrar o pojeto. Cardosão levava um semblante de quem mais ou menos havia acabado de matar uma velhinha moradora de rua, a marretadas, porque conseguira sentir o que a velhinha sentia e, para evitar um frio terrível e uma vida de merda, um mal maior, tratou de minimizar aquela desgraça. Reequilibrando a própria natureza. Era a bondade a marretadas, uma categoria quase nova de justiça social e compaixão. A alteridade às vezes salva feito um suicídio.

Bom, o "modelo" de Jan. O modelo era — um diretor financeiro de um banco?

Eu vou ter de imitar esse burocrata chato do cacete? Pra quê? Não devia ter perguntado. Um almofadinha? Era um desafio e uma ourivesaria de caracterização. Tudo bem, Jan veria até onde iria aquela onda, aquela peça. Mostraram fotos do diretor do banco. Jan focou nas roupas. Depois mostraram filmagens fortuitas de câmeras de segurança. Mais ainda, vídeos na internet. Jan observava os trejeitos do diretor, sua mentalidade oculta sob o terno e o corpo, costumava dizer. Desta feita ninguém riu nem por educação. Nem Jan. Um cara do bando, agora. Se não, morreria, inclusive.

A seguir, deram a Jan um terno sob medida, do modelo exato do diretor. Jan escutou gravações clandestinas e por telefone, ao que pareceu (grampos?). Captou fácil aquele tom de voz rouquenho e monótono do figurão, cheio de certezas numéricas. A seguir, caracterizou-se: o trabalho fino. Usou algumas próteses para o nariz, pouca coisa, nada discrepante da árida ambiência *pop* financeira. O grosso mesmo era a maquiagem teatral, uma técnica muito bem dominada por Jan, por efeito de seus estudos e de seu jeito para a coisa.

De súbito, lá estava ele. Uma cópia fiel do diretor do banco. O pessoal riu, embora numa nota só. Riu feliz. Riram do personagem e riram bastante também de Jan. Ele captou, uma alegria em dobro, por que seria?

O personagem engravatado, então, entrou no clima e defendeu a dupla: surfando na risada por motivos e zombeteirice próprios, ele começou a rir na sala em devolução e em seu nome. Riu por defesa, sim, com a exata voz do diretor do banco. Estavam pensando o quê?

— Bom... e as falas... qual a peça...?

No dia marcado do espetáculo, lá foi Jan. Os rapazes do bando (não, não era a Gaviões) pegaram-no em casa. Ele estava perfeito, irretocável, ele e seu terno de mil e tantos reais, ele e seu colete. Numa sala com janelas para a Paulista ou num caixão, ele ia ornar que era uma beleza. Um dia frio, feito para correr. Correr usando aquele sapato de bico fino não dava — um BMW atrás de Jan; aí seria uma comédia destinada a não acabar bem nem para o nosso menino ator. Todos os seus companheiros do bando, eles usavam óculos de sol enormes, além de chapéus ou bonés. No banco de trás, o "modelo" de Jan, o diretor.

— Vocês sequestraram...

— Claro, idiota. Como você ia entrar lá, se a gente não pegasse o homem?

O diretor do banco estava deitado no banco de trás do carro, amarrado por fitas, braços para trás do corpo, pés juntos, olhos redondos e injetados. No geral, tinha compostura. Alta classe era tudo até nessas horas.

Por instinto, Jan imitou também ali os trejeitos do diretor preso, dando vazão a muitos palavrões contidos por todas as mordaças.

Chegaram. Era à esquina do Banco Páramo. Jan recebeu as instruções do "diretor do bando", quer dizer, do chefe da gangue, e lá foi Jan Moraes, um novo ciclo na vida, uma nova arte. Enganar-se junto com o público.

O plano era bem biruta e, talvez por isso, bom. Jan entrou na sala do executivo sem dificuldade, lançou uma senha logo que chegou lá. A senha tinha sido soprada por celular e estava... certa, rái rái, imitou Sílvio Santos na ligação e desligaram na sua cara. Não era o momento, o *show* era imitar a realidade mais cinza.

A seguir, foi só copiar arquivos para um *HD* externo, tudo simples, direto, limpo, sem dramas, sem furos, com memória suficiente. Limpou tudo, nada de violência besta. Éramos civilizados, agora, viva a porra da tecnologia.

Jan saiu, ainda se esmerou em conversar com um dos seguranças. O segurança olhou para ele e estranhou, decerto. Contudo, o tom do "ator", o talento empregado na imitação em tese perfeita das inflexões e da voz rouquenha deram, aí sim, a certeza a Jan: êta trabalhinho perfeito.

Aquele fora seu primeiro público sério, realmente ludibriado "em campo", se não em palco, pelo seu "talento reflexivo" — era como ele o chamava. Cabeça baixa, refletindo sem nenhuma máscara, Jan saiu do Banco Páramo e entregou o *HD* externo ao bando.

Na sequência, o carro partiu direto à zona leste da cidade. Ficaram no cativeiro todos e, dias depois, após muita sopa instantânea e muito miojo de *pizza* na boquinha do diretor do Banco Páramo — abandonaram o sujeito (a besta) numa esquina qualquer. Vivo. Que final, infeliz.

A seguir, terminada a missão, todos no carro, foi mandada por celular uma ligação simples e econômica:

— Carga liberada!

Eles saíram do local de "desova branca" e mandaram que fossem a uma casa bem ampla, no Jabaquara, no meio daquelas curvas e daquelas aclividades curtas, verdadeiros labirintos de ruas. Você caía ali e se perdia para sempre, até chamar um motorista de aplicativo. E pense no valor da corrida, de lugar nenhum até a civilização seria um roubo.

Duas horas e quarenta e cinco minutos depois e o bando ainda rondava pelo lugar, procurando a "zona de acerto". Era um dinheiro merecido e já estavam todos desconfiados. Daí que o motorista, Pileques, finalmente, por uma baita sorte, por efeito do acaso, acabou por parar diante do lugar certo, da janela certa.

Pileques não aguentava mais rodar pelas ruas do Jabaquara profundo. Já xingava todo mundo e de pistola na mão. Entrava um vento frio ali. E a sorte os achou.

Um sujeito com expressão pascácia surgiu de dentro de uma janela bem ao lado do carro estacionado e ergueu a mão para o bando no carro agora parado — depois ele levantou as duas mãos. Pileques apontava a pistola bem à cara do pascácio. O cano frio dizia precisar, também aborrecido, matar. Aqueceria todo o ambiente. "Ô, suas bestas!". Os indicadores do cara de trouxa apontavam para baixo. "Vão atirar em mim agora, é? É aqui, manés! Aqui, porra! É aqui!"

Faltava um pouco de organização à... organização, isto era claro. O próprio acaso já estava cansado de ver o carro passar para lá e para cá bem na sua frente. O quotidiano ficou entediado com a cena e a vida deu a sua mãozinha.

"Aqui, ô, trouxas!"

Entraram na casa e Jan recebeu o seu "cachê". O reconhecimento era... restrito, todavia, sem dúvida, alguém dava valor a ele e à vista. E era... bem alto, em cifras.

"Parabéns, ótimo trabalho, fica ligado! Pode pintar mais aí!", disseram. Tá bom. Jan sonhou com as tantas possibilidades e o aperfeiçoamento possível no ramo.

As coisas estavam difíceis. Pensando bem, a crítica... não era importante. Ele, Jan, era. Nem mesmo palmas...!

Para que palmas? Seu teatro passou a ser o que ele chamou Mimese Imersiva, uma espécie de pegadinha rentável. Um *petit comité* funcional, talvez. Você aí, público, era incluído no espetáculo sem saber. Podem crer, não se enganassem vocês. Jan estava ali justo pra isso.

Trezentos mil reais, virgem Maria! Nunca tinha visto tanto dinheiro assim de uma só vez, tudo em notas. O valor de todos os seus extratos bancários em fila mal chegaria perto. A coisa era boa, dava certo. Jan seria um artista autônomo, enganaria o seu público e, primeiro, a si. Um talento irresistível. Ludibriar a si era iludir o público interior, numa reelaboração e numa sucessão de compostos de justificativas destinados a crescerem e superarem-se exponencialmente, até formarem uma farsa tão preciosa que ele, Jan, seria pouco em relação a ela. A farsa predominasse, ele se submetesse. Iludir-se com estilo era para pessoas de clivagem-maior, manos. Não para peixinhos pequenos.

A evolução de Jan se daria nessas circunvoluções internas de justificativas, e, um dia, ele se convenceria, fosse por delírio funcional: não estava mentindo de jeito algum! Afinal, toda a verdade presente em seu falso íntimo "único" era aquela... massa de inverdades muito bem montadas, de forma que... aqui sua essência. E, de resto, tudo era funcional. Ele mesmo o era. E não? E daí? Você ia encarar aqueles mal-encarados do.... bando? E a grana?

Os golpes teriam periodicidade mais ou menos de vinte dias, bom para um capital rápido.

Jan foi um relojoeiro nipônico legítimo e conseguiu aprender, sem sotaque, boas palavras em japonês. Um papel instrutivo. Enganação é cultura, sabemos; não se iludam.

Jan também foi um político chamado Ananias Geraldo, um sujeito que era enorme, largo, grande feito um pônei de tiranossauro. O caso foi resolvido com sapatos-pedestal, um apetrecho aperfeiçoado do cinema, a demandar toda uma técnica de equilíbrio para você, mano, se manter em cima das tamancas. Este plano do Ananias, em particular, miseravelmente teve de ser abortado pelo bando, em pleno ato 2. Ananias não quis prestar contas de códigos e contas--corrente do partido e, em especial, das dele, mesmo depois de horas de ameaça e outras horas de surra real. Era um mártir da categoria, acontecia. Daí morreu no seu papel. Disseram: Deus nos perdoe, isso era couro de santo.

Ser roubado era diametralmente oposto à moral de Ananias. Ele de fato preferia a morte a ser roubado no final e deve ter imaginado a esposa feliz roubando todo o dinheiro surrupiado do erário, num saque só, só para ela e para o clã Vagalhias (Ananias Geraldo Vagalhias). Os Vagalhias haveriam de ter dado o golpe final, assim funcionava uma fábula feliz. A esposa e os filhos políticos malandros todos no paraíso e Ananias chegaria antes... lá.

Um modo de ver até a morte em cor-de-rosa. Devia ser por este motivo aquele sorriso na face do político semimorto — logo antes da bala na cabeça, ele sorria inocente. Tanto mais porque não contara nada dos seus cofres secretos. Integridade estava ali.

Já assustado com essa morte, Jan acabou por encarar outra treta enorme quando teve de se vestir de mafioso do "outro" bando. O seu bando tinha de engambelar outro bando, agindo na mesma zona de atuação. Os inimigos eram o grupo do Maromba. Jan tinha certeza, mais alguém morreria. E ele estava em campo, vestido todo espalhafatoso de mafioso.

A função de Jan seria, basicamente, paramentado do velho chefão Maromba, marcar um encontro dos subchefões da gangue Maromba e jamais deixar de presidir a sessão. Um certo risco. Depois era só fugir (para sempre) na hora certa, antes das balas todas. A hora certa seria essencial. A parte de fugir trazia alegrias ao coração de Jan; representar o chefão inimigo, nem tanto. Os marombas eram os vilões em relação ao bando do pojeto. Imaginem o nível.

Nesta tal reunião, "Jan Maromba" coordenaria seus cachorros na discussão sobre os acertos acerca do "próximo alvo" do bando. O próximo alvo maromba, a propósito, seria o grupo de Cardosão. O bando de Jan e de Cardosão, de toda aquela gente boa e cada vez mais bem vestida (evolução do capital). O bando de Jan, este seria o plano, haveria de ser atraído a uma emboscada e deveria ser dizimado a metralhadas à cara pelos marombas ou até por mercenários. Tudo em nome da concorrência e do mercado. Era a vida. A morte, no fim.

Jan estava lá, disfarçado de Maromba, impecável. E o único lado bom enquanto os marombas não haviam morrido foi terem todos socializado no escritório. Teve biscoitos de goiaba e um café expresso questionável, que, contudo, decerto não mataria mais que uma 45. Alguns riam, outros olhavam-se prometendo morte, um ambiente de escritório comum. Era o trabalho.

Jan Moraes ouviu mais um tempo as opiniões e as demais bobagens. Era a prudência agindo. Eles o olhavam esquisito, uma desconfiança brutal, mas... não podia ser! Ninguém ia se disfarçar de... Maromba e marcar uma reunião com a matilha maromba... no meio da noite...! Logo no Beco do Tiranossauro? Impossível. Ninguém era tão doido assim.

No entanto, a vida ficara louca, junto com Jan e Cardosão. O poderoso chefão Maromba Natural... já era, afundado nalgum rio por aí. Jan estava quase... indo, ainda dava para correr, era atentar à hora certa.

Um facilitador relativo era o de que poucos do bando maromba tinham visto de perto o Maromba depois da doença dele, rins e coração. Diante deles, o chefão Jan/Maromba estava com cara de quem ia morrer a qualquer momento e isto não o deixava feliz. Era compreensível.

Jan Maromba parecia de fato quase morto, velho, talvez um pouco tísico e um pouco tímido naquela noite. Um pouco encarquilhado. Olhava de quando em quando ao relógio e este era um dos cacoetes do chefão, conhecido, os subchefes (mais pobres) lembravam. Chefão Maromba estava rouco demais e, a certa altura, alguém o chamou de Corleone. Obrigado, mas era só uma dor de garganta, porra, justificou tossindo teatral. Mereceria um Oscar também. Era bom os caras serem rápidos de honraria.

De repente, Maromba emendou um "Eu me recupero!" e, num lapso mimético, usou a voz errada, usou a voz... do Zé do Caixão. Os bandidões olharam ainda mais esquisito. Jan Maromba redisfarçou: talvez fosse câncer, morrer com certeza doía e deixava a gente meio... *confuse*.

Ele não parecia muito bem (vivo) e daí foi chamado logo ao pedestal da noite, a fim de decidir os afinais da runião (conforme estava escrito à porta). Ficou no canto mais afastado da mesa. Voz perfeita, agora, trejeitos treinados, de lado Jan era puro Maromba, realmente. Na cabeça, um chapéu panamá bem enterrado quase até os olhos. Jan sentiu que a bendita peruca estava "empenando", estava ameaçando cair. Seria mortal.

Maromba, irmãos de sangue, deveria propor uma *détente* e, desse modo, ganhar uma unanimidade contra, com vários argumentos. Era só um estratagema meio bobo para ganhar a confiança da turma. Seriam quatrocentos de grana, dessa vez, porra! Putz.

Paz? Não! Contrariados, todos do bando maromba reclamariam em sinergia contra o chefão, e, neste ponto, viriam a estar "prontos", sob o sorriso de satisfação fantocheante do chefia-geral na sala. Chefão Maromba teria inventado a história de amainar, de temperar o intuito de morte ao bando de Cardosão para todos reagirem forte.

Era brincadeirinha.

Agora, sem mais farsas, no automático à frente, o chefão usaria daquela unanimidade contra preparada: todos estavam de furor pronto, agora, estavam afiados para dizimar o bando do otário do Cardosão. Os marombas dizimariam até mesmo o chefão máximo maromba, se ele se opusesse a tal empreitada. Era ganho de partida certo, alto placar.

Jan Maromba era um chefe *fake* autêntico, era um mentiroso de corpo inteiro, um milagre de composição, uma verdadeira farsa completa. E estar quase morrendo não era tão ficcional assim. No entusiasmo, todos os marombas deixaram meio de lado a desconfiança e rugiram a uma só voz. Deveriam massacrar, sim, seus cadelos, seus porras, na hora certa. Questão de ritmo. Ah, essa porra de câncer me mata.

Sim, seria o bando runião contra o bando pojeto e vencesse o que estivesse mais atrás, quer dizer, pelas costas. Era a ávida vida.

A hora certa chegou. 22h30min! Jan conferiu no relógio e foi ao banheiro. Estava pálido, suando e já dera o recado. Adeus, público.

Nesse encontro geral da "cúpula" da bandidagem inimiga, importante detalhe, de fato os grangraúdos da concorrência maromba estavam presentes: todos eles comprimidos naquela sala única. Eles, os biscoitos, os cafés de máquina ruins.

Foi Jan Moraes Pinho sair da sala para, sei lá, vomitar sangue um pouquinho no sanitário (feminino, era mais limpo) — e o fuzilamento dos chefes marombas iniciou-se, eram 22h34min.

Constatou-se pouca perda de munição. O fuzilamento iniciou-se a partir de seguranças traíras comprados da própria runião. E os óbitos completos foram obtidos (acabamento) quando entraram na sala cinco membros do grupo do Cardosão Pojeto. Foi um massacre vermelho dos bons. Os cinco cardosos invadiram o local de forma coreografada quase, dramática, pareciam o FBI, coisa fina, e de certa forma eram também a lei. A sua. Saiba-se, o grupo dos cinco era encabeçado por Cardosão mesmo. Falava mal, contudo que mira. Entre os olhos sempre.

Ainda mais temeroso, cada dia com mais pavor e alguns calafrios, Jan entrou em mais algumas frias impensáveis. Interpretou, por exemplo, uma dançarina de baile, toda embrulhada num lençol. Não foi seu melhor dia no palco. Alguém gritou alto: Sai daí, traveco do caralho!

Mais: foi um vendedor de drogas, desses de esquina; foi dois policiais (praticamente ao mesmo tempo!); e foi até o latido de um cão Mastim, em tenção de confundir uma das vítimas de roubo (em casa, no caso). Jan, a arte bandida mais bandida jamais vista.

Era uma vida de artista miraculoso intensa e perigosa. Jan se via dentro de um filme de *gangster* escrito pelo Garcia Márquez. O grande problema era Jan não poder sair do filme do Garcia Márquez. Socorros dificilmente seriam ouvidos sob aquele vendaval de balas à cabeça.

A perigosa liquidez aumentava. O maior trabalho de Jan agora era saber como lavar aquele dinheiro todo, de modo que seu destino era se tornar paulatinamente um vigarista profissional de fato, um conhecedor do *métier* e dos meios de evasão mais sofisticados no mercado.

Um mercado que, notem, contava até com seus livros proibidos (e caros), textos "técnicos" e alônimos. Num deles, a propósito, estava à capa Nemollard. Noutro, seguia o nome Coffe. Nomes de relevo na área. Dentro dos livros de Nemollard e Coffe, o ensinamento de toda uma vida de fugas, tudo autorado por vigaristas tão lendários e famigerados. Exemplares autografados dessas preciosidades em papel davam direito a tiros nas costas do antigo proprietário. Eram, em geral, livros inacabados por causa das circunstâncias não atenuantes: injeções letais, espancamentos dentro da cela. Ou, atestando o grande valor da obra, uma fuga agora definitiva e um inacabamento feliz. Por uma fuga sem fim.

Jan Moraes estava naquela cultura agora. Ele lia aquilo, desenhos feitos à lâmina em couros de cadáveres diziam o que era a vida real. Lia sem acreditar muito, e as orações erradas, as palavras erradas provocavam-lhe a dor de uma certeza: palavra, ele meio que não estava no lugar certo. Precisava agir, quer dizer, fugir.

    Começou a armar seu bote para o lado oposto da presa. Um salto destinado a tergiversante. Ele acabaria por levar Jan para bem longe. Comprou passagens, um passaporte "falso com categoria", igual Jan. "Arranjou" mais dólares. Teria vida e uma vida perfeita, longe dali. Visitaria o Brasil vez em quando, vestido de turista americano, alemão, italiano, espanhol, a caracterização seria nível Oscar. Veria o seu país cheio de saudades, sim, metido em camisas estampadas sob medida, para enganarem sob medida e geral. Haveria florezinhas exageradas, amarelas, verdes, laranjas, vermelhas, algumas araras azuis esvoaçariam pelo tecido. Os óculos seriam mais escuros do que vidros fumês de edifícios da Faria Lima. Ficaria amigo do país, de brasileiros, sempre afetaria um sotaque muito bem construído, forte, acentuado. Todo um cuidado de acabamento, a fim de enganar, jamais sem carinho e respeito, a malandragem nacional. Uma vida de artista integral, este era o destino de acordo. "Aprenderia rápido o português", isso é verdade, e trataria de difundir as belezas do Brasil em seu país de origem, nos EUA e em toda a Europa.

    O turista Jan ganharia fãs e seguidores no YouTube, viveria disso (quem não precisava de mais dinheiro sempre?). Acabaria patrocinado por cursos de inglês-português, italiano-português, espanhol-português, francês-português. Seria enviado a locais distantes do país para fazer reportagens e aprender sobre os sotaques e as peculiaridades dos gentios, meio antiquíssimas. Era um povo de falar tão musical, um espanhol falado direito, refletindo-se, no dizer de Garcia Uranez. Jan apreciava Garcia Uranez e, talvez, fosse o único; sua originalidade não o largava nem quando lia. Jan estava ferrado e sonhava, eis o Homem.

Não deu certo o tentame de fuga. Sorte... se nem tivessem percebido quando ele foi naquele dia ao aeroporto. O voo de Jan para fora do país... foi adiado, do nada. E, notou, lá estavam no aeroporto uns sujeitos de óculos pretos a olharem vermelho e reto para ele, Jan. A verdade era, Jan Moraes estava bem vigiado por seus próprios pares e, quem sabe, até pela PF, nessas alturas. Nem sabia. Era um alvo todo importante agora.

Nessa época, ele parecia bem abalado, agitado e confuso. Daí lhe deram logo o último trabalho. Urgente, mano, é nóis. Esses artistas, irregulares, marra e manha, quem confiava? Era preciso muita arte pra aturar.

O trabalho ia ser no dia seguinte? Mas... seria... impossível... a elabora...

Como Jan se prepararia? Um trabalho para lá de estranho. O além também devia ser.

Jan dessa vez teria de imitar um "velho amigo" de um sujeito chamado... Matusalém. Este que era, por acaso, o... chefe, o vero sinhozinho de Cardosão, lá ao longe, lá em cima, depois de muitos tenentes, capitães e generais, planaltos acima.

Quem era Matusalém? Uma questão, uma lenda, uma pergunta. Uma máscara, algo nas suas costas, um túmulo. Pura encrenca. A figura nunca tinha sido vista em pessoa por nenhum dos membros do bando. Cardosão jamais o houvera visto de perto. Matusalém roubava noutras esferas. A chapa tinha esquentado em definitivo, ocorreu a Jan.

Matusalém era basicamente um rico. Era operador financeiro, um financista de mão cheia (de dólares a juros reais) e morava em Brasília, onde trabalhava, no Congresso. Matusalém era coroné de muitos bandos. Era um superbarão bem nutrido em nossas águas, ligado a investimentos em escoamento de cocaína do Peru e a distribuição de roupas infantis para crianças pobres com síndrome de Down. Diversão, mas responsabilidade social — este era seu lema. E, no mais, andar bem camuflado era o máximo de respeito a uma cultura nativa. Colonizar com o coração também, eis.

Matusalém entrava com o dinheiro e as mortes do esquema, o resto era a operação da terra baixa seguindo sem estorvos, a fim de lucros seguros e estáveis. Barão da chibata, mestre do entretenimento e das causas sociais, político discreto e de boa figura nas poucas câmeras que frequentara; uma pessoa jurídica, praticamente; tão vasto, amplo, sem resposta real... e meio vazio — este o Matusalém, encrencas caindo do céu.

O Estado não escaparia de ser esfolado cada vez mais por Matusalém, um tubarão capaz de grandes mordidas. O país servisse ao menos para isso, terra pequena, mas, tudo bem, Matusalém ficava por aqui, desde que pudesse fugir por aqui mesmo (sem necessidade de Europas e Estados Unidos). Para poder viver em tranquilidade, claro, grana de alta espoliação sempre em quota fixa, sobre produção e fluxo de capital crescentes. Era só centralizar quase tudo no Estado, depois era roubar em cofre líquido e certo, roubando fácil com juros favoráveis e sob a promessa governamental de que aquele duto jamais seria desviado para obras mais... sociais. O Estado centrava o dinheiro, era um cofre por acaso com soldados ao redor, um cofre a saber defender o principal em jogo, manos.

Matusalém sonhava, os bilhões ficariam lá, indefesos (aqui é ele em declaração, ouçam: parece o Vicent Price rindo) — ficaria, sim, indefesinho o capitalzinho em face de altos recursos estratégicos de espoliação. Vale dizer, Matusalém era do ramo mais alto. Centralizava e roubava tudo de uma vez, roubava no topo, roubava alto, bonito, épico, grande, extenso, roubava em *boeings*. Todos o desculpassem, todavia sua eficiência não perdoaria uma bocada dessa.

No mais, ser político era divertido também para ele. Tratava-se de uma camuflagem a mais. Ele acabava por ficar mais perto dos cofres públicos, alvo de respeito.

Não obstante, o ritmo de sua tomada de toda a riqueza nacional não era o esperado. Matusalém magoava-se. Ele deparara os limites do roubo, até no Brasil esses limites existiam, impressionante. Terra restritiva.

Com alguns operadores políticos, via de regra lideranças, Matusalém relacionava-se em alto grau de complexidade societária, armando para as reformas certas, supervisionando de perto o bom desempenho de sua jagunçada.

Já políticos come-quieto e os desastrados demais eram "estudados", espionados, não raro com anuência dos chefes de seus próprios partidos.

Era isso. Bois de piranha de um lado e os profissionais do outro, estes a fazerem passar as emendas certas, inclusive. E, quando surgia alguma ameaça à integridade quotidiana do esquema, os bois é que salvavam — Matusalém apertava seus botões, sua mídia coligada agia e entregavam-se os políticos e os manés que mais roubavam quietos, quase honestos, ou, então, os mais sem noção. Era só a polícia olhar de perto e ali havia grandes microesquemas de ladroagem derivativa, furos no duto. Era só fuçar fundo, procurar — lá estaria. Daí, apontava-se a peixes pequenos em esquemas paralelos, os peixes caíam. Isso aí, devastassem os esquemas paralelos deles — desse jeito o Estado ajudava a moralizar as derramas. Acabassem tamponados os microfuros no duto em nome de justiças etc. e o miúdo levasse todos a baixarem aos subterrâneos suas testas ansiosas.

Os peixes pequenos estavam concentrados demais na discrição e na construção de seus esquemas paralelos, na verdade. Eles pouco saberiam dos tubarões acima de fato, pouco saberiam de Matusalém e da gangue de cima. No mais, jamais entregariam os comparsas mais do alto, os alta patente. Os peixinhos desconfiavam quanto ao tamanho real do esquema-mãe e de quem fossem os mandantes e, querendo sobreviver com queimaduras de segundo grau apenas, calar-se-iam e aceitariam a punição da justiça real, aquela punição aplicada pelo tal esquema-mãe (de Matusalém), por eles terem esquemas paralelos e estarem a roubar a miúdo. A justiça aparente dos meros homens e da mídia condenaria os peixinhos a alguma multa e a alguns anos, nos conformes de seu diminuto tamanho — mas... só. No fim, justiça dobrada.

Matusalém, do Olimpo, até chegava a torcer diante das novas "séries" tão bem-patrocinadas por ele, séries a passarem nos jornais, tendo-se à vista sempre a depuração do esquema-mãe, sua atualização, mais o supradivertido do desnorteio de teses, antíteses e premissas erradas a indicarem: esse povo não sabia nada. O povo era bom de fantasiar. Os capítulos sequenciavam-se e a justiça, afinal, era sua amiga também. Sem saber, às vezes.

Sem embargo, as coisas não seguiram sem percalços, realmente, mesmo diante de esquemas tão bem-acabados. Matusalém não comeria o mundo a partir do centro do Brasil, isto era cada vez mais notório.

De início, o problema era haver certa honestidade em certos políticos e funcionários públicos, ou, quem sabe, um pudor residual. Dava muito trabalho ser pego. E a honestidade, desse modo, tão pouco funcional, era uma praga provinciana, feito a vida.

Além disso, havia o quotidiano e suas pegadinhas. E, assim, um dia, surgiram indícios a respeito da participação em esquemas criminosos de um certo bilionário muito discreto chamado... Matusalém.

No mundo lá embaixo, os roubos a banco e a detonação (eventual homicídio, mas indolor, o mundo negocial civiliza com ambição os ódios) de pessoas, atividades estas empreendidas pelo bando de Cardosão — estas operações abaixo dos radares detinham uma função específica no esquema-mãe extenso de Matusalém. Extrair cirurgicamente de jogos, por morte ou falência de recursos, algumas peças rebeldes no jogo político e empresarial. Eram mortes reais ou financeiras por encomenda, simples. O sujeito morto ou roubado até o último vintém ficava sem ação, sem voz, sem microfones, sem atenção, inexistia. O resto era apenas mentira. Dele.

Indícios, indícios indevidos. Quando?

Um outro bando, este da zona leste de São Paulo, havia feito algo insano e, pura ousadia, em detrimento ao "mestre oculto".

Sabem o Banco Páramo?

Dois meses depois do roubo pelo bando do Cardosão, invadiram o Banco Páramo de novo. Era outro bando. E nessa nova *performance* havia um sujeito igual a Matusalém. E esse sujeito era, nada mais nada menos do que, no "papel", o líder dos bandidos (e ainda tinha voz efeminada).

De súbito, como num pacote, foi surgindo em toda a mídia e nas redes sociais a notícia do roubo descarado do Banco Páramo, que não aguentava mais ser roubado (não era sua vocação). E, junto aos textos da notícia, encontrava-se uma fotografia "fortuita" tirada, uma foto do líder dos bandidos invasores — o Matusalém *fake* de voz efeminada. E, logo ao lado dele, vinha uma foto do próprio Matusalém real, o alto investidor e político, sempre a sombra de si mesmo, tal a discrição bem construída. Eram figuras iguais, o do banco, o rico. Esse pessoal da imprensa e das redes, quando queria, acertava na foto.

Matusalém, importante investidor e rico desde criancinha (soube manter o costume), acordou numa de suas mansões com as equipes de imprensa oficial e nanica defronte um dos portões de propriedade e seu café da manhã, sempre com mangas, torradas com geleia de frutas e café de jacu, não foi bem digerido naquela manhã. Pena.

Especulou-se sobre filhos e irmãos gêmeos de Matusalém. Não! O próprio Matusalém? Difícil, talvez em transe.

Quem pregara a peça? Um patrocinador inimigo que, muito provável, queria empreender suas operações de mercado em silêncio, acobertado por ondas de notícia em fluxo sem fim na mídia e entregara aos leões um desafeto do seu tamanho. E lá ficara exposto um cartilaginoso da envergadura de Matusalém.

O povo adoraria aquele Coliseu. Seria um espetáculo divertido também, se todos olhassem para baixo e afinal vissem de fato... Matusalém, o real. Matusalém no Coliseu seria uma aventura discrepante, anacrônica, confusa, distração dispersiva garantida ao povo. Exploração & anestesia Co. — os césares eram assim, Matusalém.

A polícia ficou agitada na época. Apertaram o cerco por alguns dias e as operações financeiras tiveram de ser às escondidas, para lavar-se qualquer ligação entre os bandos obedientes ao "partido" de Matusalém. Por que tinham feito aquilo?

Difamar. Enlamear. Confundir. Estragar. Tiros na reputação. O mal da idoneidade modesta.

Os advogados de Matusalém oficialmente tiveram de tampar também acima, provas de ligação com negociatas não pronunciáveis, tanto quanto dirimir dúvidas mediante ameaças de processos por calúnia etc. A mídia amiga de Matusalém também agiu em seu favor, verdade — era proteger o inocente e ainda ganhar com isso, um sonho de consumo de qualquer meio de comunicação. E o curioso fato, mesmo tão anedótico, foi perdendo força de influência e fulgor. A negociata do inimigo amaldiçoado de Matusalém já tinha sido feita, sob sombras, nessa altura — e tudo pôde recomeçar a fluir tranquilo, tudo pôde recomeçar em água pacífica, após a "licença de mercado".

Parabéns, Pedro Alceste Corrêa. Matusalém tinha bons contatos, e, depois de algumas torturas, mandou conseguirem um retrato também bem recente de Pedro Alceste. Ah, veado. Você me pagava!

Jan saiu de casa e... Jan era Pedro Alceste, o "colega" de Matusalém. Impressionante, tratava-se de um imitador miraculoso, um talento. Uma pena.

Saíram. Para onde?

— Você vai ver. Calma.

Seguiram de carro por quarenta minutos e Jan Moraes, simplesmente a cara de Pedro Alceste, foi deixado numa esquina em Interlagos. Andava meio frio no dia, tudo estava bem escuro. Jan lembrava da calçada partida ao meio, havia algum tipo de gosma nela. Só faltava agora ser assaltado e os bandidões do Cardosão salvarem-no. Afinal, ele era um almofadinha ali.

Não haviam deixado nem uma navalha com ele. Maldade. Um carro passou, alguém tirou uma foto de Jan todo montado. Desceu do carro um sujeito, trazia alguém com um saco na cabeça. Era... o rapaz que houvera se caracterizado de Matusalém no outro dia. Outro ator desempregado! E era Almanor Lacuste. Quem diria...! Jan fizera um curso com Almanor no Arena. Fora o último curso.

— Cara, o que você tá fazendo aqui? E eu?

O criminoso do bando de Cardosão deixou Lacuste parado na esquina e voltou ao carro. Passaram-se uns segundos, lá vieram as balas. Um balaço entrou bem no meio da testa de Jan. A bala atravessou o crânio e saiu do outro lado, foi um estrago bem rombudo. Jan ficou de olhos abertos, no meio da calçada; olhava a morte e ela era inesperada. Seria inesperada para sempre, uma vingança derradeira do ser? A pergunta retórica também estava no lugar errado. Era a inclinação da cena toda.

Almanor Lacuste teve tempo de implorar pela vida e, sem ter como correr, cumpriu o papel ajustado à última cena. Foi fuzilado igual, ali mesmo. Tombou feito um coelho de setenta quilos. O corpo dele caiu sobre o de Jan e foram tiradas várias fotos de três celulares, de todos os ângulos.

Na sequência, ambos os corpos foram jogados no lixo, em Santana do Livramento, a alguns quilômetros da capital. Os dois ficaram soterrados lá sob uma montanha de porcarias e sobrepostos a rios nauseabundos do mais puro chorume.

O bando de Cardosão teria de arranjar outro artista. Cuidado com eles, no entanto. Fotos vazaram na imprensa, óbvio. Pedro Alceste, ricaço recluso, aparecia em fotos com uma arma plantada na mão; ele jazia caído embaixo de um sujeito anônimo — e que também sabia atirar, pelo jeito. Estranhíssima cena de duelo empatado em -1 a -1.

De repente, o lixo. Tinha um movimento nele. Alguma coisa se mexia de leve. Não eram vermes nem rato perdido.
Eram os dedos de Jan Moraes. Eles começam a emergir do meio do lixo. O braço sofre uns choques, o braço tremula ainda de vida e força. Os olhos abertos voltam a ver, de repente, mais que o escuro profundo. As narinas inflam-se de nojo, desagrado abismal e vontade. Jan tenta erguer-se da massa nauseabunda, das traquitanas, das cascas podres de fruta, das cabeças de peixe de supermercado, do sangue menstrual, de espermas em camisinhas, quiçá de dedos arrancados, de pés de frangos podres.
Jan se contorcia e era horrível. Ele gemia e gritava em baixo tom, pequenos uivos. Logo cai pendido do meio dos sacos pretos, como se estivesse a nascer de uma vagina morta. Pareceu de fato expelido pelo lixo, lá debaixo. Um tipo de pesadelo a se erguer cheio de medo de ser irreal, visto só haver sobrado ele, pesadelo, do antigo "dono, pelo jeito."
A cabeça doía e era horrível. Jan chegou a ver dedos de outro cadáver lá encastelado no lixo. Roçou naqueles dedos e notou temperatura não ambiente. Esse já era mesmo e fazia tempo. Na realidade, era o seu colega de classe e até de função, Almanor Lacuste, claro. O último papel, bem interpretado também.
Jan revolveu mais os sacos e viu o cadáver, gosma verde na boca pingava do saco logo acima, tinha cheiro de vômito. Jan cai à terra e vomita quase todas as tripas, foi seu choro de nascimento. A cabeça latejava muito, botou a mão à testa e

notou o orifício de entrada. Na ponta do crânio estava, por seu turno, o rombo de saída, era enorme. Estava aberto, um túnel, e o sangue parecia todo seco. As moscas perturbavam tudo, vivos e mortos e adoravam a sua testa.

    Não se lembrava de patavina das últimas horas e não se lembrava do próprio nome também, de quem era, de sua história, de onde tinha vindo. Tinham formatado tudo. A carteira havia sumido. Lembrava de Almanor, mas não de por que Almanor estava ali. E ele, por quê? Lembrava-se de ser um homem, genericamente, e nada a singularizar a si mesmo. Como chegara ali? Suicídio em dupla não tinha sido. Uma outra chance?

    Pegou carona, eram dois caminhoneiros. Eles iam a São Paulo, por perto da avenida Tiradentes. Num dos postos, um deles pagou por um banho de Jan e por um sabonete. Jan, roupas emprestadas, largas demais, graças a estar em forma e aos 120 quilos do caminhoneiro, chegou ao hospital da USP, o Clínicas. Seu estado deixou os médicos sem esperança, inclusive na ciência. Um milagre estava dando mais certo, sabia-se lá por que. E ficaram interessados — assim, o desafio podia ser curado, inclusive transplantado e operado.

    A amnésia de Jan era profunda. Um sobrevivente e ele parecia ter habilidades inauditas: imitar as vozes de outros, uma bossa incopiável para a atividade; sabia desenhar, sobretudo coisas inexistentes na vida real, dragões da fantasia surgiam com a ferocidade de quem queria permanecer vivo, todo ele fúria, quando menos ali bastasse a ênfase na solicitação; Jan falava sem parar, no mais. O paciente falava muito, inclusive sozinho, nunca entendiam o quê, e contava histórias aos outros pacientes. Histórias a obsessivamente terem por tema o viés de como não teriam sido de repente esquecidas, em alguns dos tantos lixos por aí. O mundo tinha muitos lixos, cuidado para não acabarem em um. Eram os abismos reais.

    Hm.

Jan agora passou a ser chamado de Afonso, Afonsinho. As enfermeiras mais chegadas familiarizaram o paciente. Ele não se lembrava de parentes mais próximos, daí gostar. Afonso era bonachão, tinha tendência a engordar, era um sujeito quase alegre, adaptava-se fácil às exigências do hospital e das hierarquias em geral. Gostava de ler de tudo, rótulos, bulas, decorava peças de teatro quase de primeira (tinha uma predileção por elas) e, no escuro do quarto, notava-se, gemia um pouco semidormente, a cabeça. Tudo tinha a cor do seu passado, então, e o desconhecido dava medo. Algo conhecido desde tempos (similarmente) imemoriais.

Uma terapia nova surgiu como vaga esperança a Afonso. "Perda encefálica superficial e obduração importante do frontal e da base do crânio, resultante traumática, ao que parecia; compensação neurogênica impressionante, em face da perda central de identidade, de conteúdos de memória de longo prazo" — não era um quadro fácil e claro. Saído do hospital, foi arranjado para Jan/Afonsinho um emprego. Seria bedel numa universidade? Ele poderia se manter, e, nas horas vagas, quem sabe, investigar o que bem entendesse. A biblioteca, por exemplo, sempre à disposição. Afonsinho queria conhecer o mundo, se não a ele. Era justo, ele tinha uma cabeça furada boa, todos tinham de reconhecer. Mexeram pauzinhos e lá estava ele, bedel.

A terapia: livres associações. Uma psicanálise a fazer o sujeito tentar recuperar suas culpas, em vez de recuperar-se delas. Algo assim. Jan/Afonso daí partiu para a experiência e dela relatou seu primeiro livro, um romance, vejam só. Neste livro, por incrível parecesse, sem saber, contava exatamente tudo o que lhe havia ocorrido, em detalhes muito acima dos personagens em questão. Era como se tivesse visto a ação toda, da cadeira de diretor, ou de cima — num filme todo em *travelling*.

Parecia mentira, contudo, lançado o livro de Afonso, ele ganhou prêmios até (o psicanalista era bem-relacionado e dera uma força ao paciente, em especial nas orelhas do livro).

Um problema, a fama. Os envolvidos no bando do Cardosão estavam ainda por aí, vivos. Estavam também soltos por um fio. E Cardosão um dia lera na internet, de passagem, sem querer, sobre um... escritor. Um escritor encontrado no lixo. O escritor era o bendito do ator morto, Jan Moraes. Deveria estar morto.

Cardosão, contrariando seus princípios, comprou o livro escrito pelo escritor do lixo e mandou sua filha mais *nerd* ler (a outra era puta, puxou a mãe; a *nerd* não puxara ninguém conhecido, filha da puta). Ela leria e depois contaria ao pai do que se tratava. Cardosão, porra, não se importava com historinha de livrinhos, ele tinha um mundo muito maior a ser entendido, para ser logrado, morto e roubado, numa aplicação de fato prática do entendimento. Um mundo real, que gritava ui alto e de verdade. Isso valia cifras reais.

O livro era engraçado e trazia uma descrição acuradíssima das cenas e dos roubos do bando dele, Cardosão. Trazia, inclusive, as cenas do roubo do Banco Páramo, aquele. Todas as passagens eram entregues de forma minuciosa ao leitor (ainda bem, eram poucos, se não mais escritores do lixo morreriam: política cultural).

Estavam lá, a céu aberto: cenas das "operações", detalhes das "operações", muitas falas dele, Cardosão, nos encontros do bando. Constavam do livro até diálogos dos quais a besta do Jan Moraes jamais deveria ter participado. Cardosão era chamado no livro de Almeidão, a filha *nerd* se divertira muito com o Almeidão, era uma espécie de Hitler preso numa comédia e falava tudo errado. Era uma besta.

Cardosão montou seu pojeto, uma reunião urgente do bando. Nela discutiram o caso grave. Imperioso tomarem uma atitude, gente.

— Imperioso?

— Minha filha que fal... bom, vamos matar. Certo? *Ok aí? Ok* aí?

Pego de novo pelo bando de Cardosão e agora enterrado de bruços todo amarrado, Jan/Afonsinho não se lembrava de por qual razão tinha sido enterrado vivo daquele jeito tão brutal. Era a sua vida, as mortes. Até uma valer, vai que.

Puxa, enterrado vivo não era fácil sair. Sem embargo, a história tinha suas muitas estranhezas ainda por contar (deveríamos contar com elas).

Um sabujo velho, um fila enorme, de quase setenta quilos, perambulava pelo cemitério distante da capital, naquele dia em que Jan/Afonsinho fora enterrado na moita, clandestinidade garantida. Enterrado, sim, um pouco vivo. O fila velho e enrugado estava em busca do dono dele, que havia falecido há pouco tempo. Fugindo da casa dos novos donos, o fila voltou ao cemitério e cheirava tudo pelo caminho. Dias antes ele comparecera ao enterro do dono por dezesseis anos e uivara durante a cerimônia, numa carpidagem zoo mais sobre-humana impossível. Coisa de amigo. O cachorro parecia ter até alma e gemia de saudade.

Xerxes estava meio cego, contudo não no principal. Logo chegou no local, ele tentava descobrir a cova do seu "pai" — e um gemido quase morto fez suas orelhas pularem e se abanarem junto do rabo. Xerxes andou mais e havia um claro cheiro de coisa viva a se mexer. Vinha duma cova recém-feita ali. Xerxes, orelhas em alerta, focinho decidido, partiu para cima. A cova nem cruzes nem nada tinha, era um amontoado simples de terra e uma placa, tudo fincado em local bem longe da entrada do cemitério, cemitério de pobres e mendigos em geral. Xerxes não se preocupou com os motivos oficiais, de tabelião, daquela morte — o gemido continuava e o cão apenas começou a cavar, cavar. Ninguém por ali para atrapalhar a salvação, o lugar era bem abandonado e sujo. O vigilante do cemitério, daí, viu, lá de longe a bagunça, aproximou-se para espantar o cachorro ou correr dele, dependia. O cão rosnou e todos ouviram juntos: o morto lá embaixo... cantarolava. Depois começou a falar e falar sem parar.

Descoberto o caixão de madeira podre de Jan/Afonsinho, que fora enterrado no lugar de outro morto, "realocado" — lá foi Jan/Afonsinho levado de novo ao Clínicas. Lá ele tinha uma história, até clínica.

No hospital, o raio de uma ideia: um outro livro, vai ver para aquele ano ainda. Era ficar vivo e o fim estaria próximo.

Em resumo, era por volta disso.
 — E aí?
 — Surreal.
— Só isso, surreal?
— É o real... falando. Isso é meio esquisito.
— É muito doido — porque entendeu o mundo, isso deixa marcas.
— Tem umas partes boas. Umas.
— As que você nem leu estão melhores, isso eu garanto.
— Eu li tudo.
— Pode ser "malvisto" como uma inscrição tumular da humanidade. E o matador escreve na lápide: "Agora, sim, é o fim". O ponto final é um buraco de bala. Que pontaria.
— A gangue do Bolinha. Era outro título que convinha, mas, agora o texto já chamou a atenção... como *O esquecido*, Alberto.

O esquecido vendeu um pouco timidamente no início, logo depois virou moda, e, daí, sucessinho. Ele criou seus leitores, sua demanda, sua camada de adeptos, seus consumidores, seus interessados, sua clientela, seus fã-clubes, seu respeitável público. Criou sua propaganda, seu esteio. Isso era valor.

Chegou aos 10 mil exemplares. Nada mal para alguém com um furo na cabeça. Depois, 11 mil. Ele crescia e ninguém sabia por quê. A vida, um símile provável.

O mercado, daí, querendo aproveitar o gancho e a onda, lançou seus livros concorrentes curtos em tom galhofeiro a sério, meio parentes do meu. E todos leram mais felizes, balancetes e histórias.

Eu era centro de moda, eu era uma marca, eu era fino, eu era dinheiro, eu era poder. Porra. Eu era *pop* e *top*, afinal, eu vendia no final, manos. Eu era... excêntrico. E daí? Vai encarar? Eu posso morder (talvez sim, nem lembro). Eu estava ganhando algum, tirando uma, estava enchendo as burras, estava engolfando uns dólares, acumulando uma parada, estava chapando uns dóla. Eu era um bom negócio e incitava concorrências a correrem atrás de mim, e muitas pessoas passaram a assistir ao embate, passaram a se inteirar do embate ao lerem os livros diversos que começavam a sair, os meus e os romances dos inimigos. Quer dizer, dos adversários malditos. Críticas a respeito do embate no jornal e no YouTube tinham bom público. O mundo era clássico, era nosso de novo, mano. O mundo era de novo... por escrito. E, agora, o autógrafo era meu. Eu era o Zorro do meio editorial, dá licença? AC, estilizado — eu era uma marca, afinal, que orgulho, que evolução.

Eu estava num bom desenvolvimento. Deixava as janelas todas acesas, agora a casa era minha e ela era bem melhor do que aquele apartamento em Botafogo, emprestado pela Ruiva. Ar-condicionado a 18 °C, espaço amplo, jardim, uma nova vida, um novo rico, uma nova piscina, um novo personagem, um novo passado se descortinava.

Catarina gostou do novo bairro e do novo movimento daquelas ruas. Não conhecem ainda Catarina, né? É um pitéu de pessoa. Cuidado com as ironias perto dela: não gosta. Catarina é assim: ela se comporta legal, depois bebe toda a vodca da casa e diz a verdade, sobretudo sobre ela, só que das verdades sobre mim ela gosta mais. É viciada mais nisto do que na vodca. Era só acorrentar e tudo seguia bem. Ela ia me xingar de qualquer jeito, tivesse muita razão nisto — eu a ouviria assim, satisfação ambidirecional.

Catarina não me ouça. Vai pro carro, amor, vai lá e fique, por um instante... feliz. Ela adorava aqueles carros velhos e supercaros "novos". O preço era de uma exorbitância que era uma petulância, eu sentia como um chute na minha carteira e, por acaso, no meu traseiro junto. O primeiro deles ela queria e queria, comprei a porcaria do carro, depois veio outro, depois outro e outro. Eram antiguidades dos anos

1950, funcionavam ainda. Se ela quisesse me atropelar um dia, poderia usar uma daquelas velharias chiques, todas estavam reluzentes. Um dos brinquedos era um Buick, imaginem. Eu quis chorar quando paguei, estávamos emocionados ambos e a minha emoção era mais sentida. O pai dela colecionava esses automóveis antigos, antes de falir, era um rico aposentado. Ela agora, crescida, queria também os vícios do papai e um papai viciado nela, este era eu.

Catarina queria ainda mais carros, era uma mania da menina. Dez mil de cabeleireiro, perfumaria, essas coisas, todo mês. Isso me cheirava mal. Eu não entendia, o lugar fresco frequentado por ela era só uma barbearia bem-penteada — por que cobrar dez mil reais? Imersões em banhos quentes, cera, conversa fiada e cremes com esperma de elefante. Isso nem deveria ser cobrado, deveria ser cortesia da casa.

Eu paguei e paguei caro sempre.

Eu era um troglodita a pensar um dia ser intelectual até. Meus livros eram o fruto dessa fantasia e dessa ambição. Eu sonhava, sei lá. A desgraçada da Catarina me lembrava deste diferencial todos os dias. Certas coisas, bom esquecer.

Ainda bem o tal livro dera certo e eu emendara tantos outros. Eu era um famosinho no meio agora, um personagem de nicho, uma semicelebridade semifamosa e semirrica e eu jubilava. A outra metade porventura tivesse se salvado.

Minha cara meio feinha era estampada em revistas especializadas. Na internet, os anúncios queriam um produto apto a se vender tão bem, era eu no meu canal. E havia elas, ah, as palestras. Um de meus melhores pratos.

Nas palestras eu ganhava uma bela grana, verdade. Eram realmente originais, pelo simples fato de ser eu, se bem me lembro. Nas palestras eu fugia de dar explicações sobre a criação, criando em tempo real, em público. Inclusive confusões. Eu viajava fácil.

O pessoal gostava, eles aplaudiam até. Eram as minhas palestras-*performance*. Eu subia ao palco feito uma espécie de *rapper* ou repentista literário, tomava o microfone e disparava realidades como se fossem disparates.

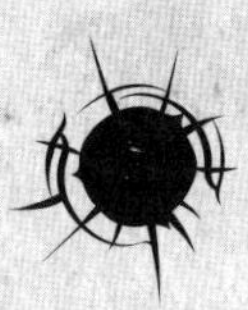

Ruiva já me alertara dos exageros.

— Não exagere, querida.

— Não exagere você, Alberto!

— Catarina, venha cá. Ouça a metade da bronca por nós dois, é seu direito.

Catarina xingou de novo, lá do quarto. Não estava bêbada ainda, pela manhã, sorte nossa, Ruiva. Nosso relacionamento era aberto, ao público. Feito um... esgoto de periferia, um córrego de zonas pobres. Transparência era uma realidade.

Saudades da Ruiva, era tão gostosa e tão boa. Devia tudo a ela.

— Vou maneirar. Já que você é quem tá pedindo. Nunca perder as esperanças... dependendo da história e do autor, até morrer tem cura. Não é?

Que besteira. Meu passado era a história errada para um cara errado e havia coerência, pelo menos, ninguém ia negar. Em termos genéricos, simplesmente, e de desatenta hermenêutica, eu... não haveria de ter podido acertar, atremar tanto, ao conceber, por exemplo, uma história mais redonda e... dignificante. Não seria digno de mim.

Juro, enquanto escrevia era o frenesi e o cérebro queimava, feito um *notebook* meio velho, febril, no talo. Eu pensava, sentia e intuía tudo em blocos, em *quanta* — sem pedir atenção aos órgãos inferiores.

Depois, reler a narrativa, juro, me deixava suado, preocupado, tenso, encafifado, fissurado. Envergonhado, mas textos e certas vidas comportavam revisão. Era a surrealidade sob os fatos.

Revisões, revisões... pelo menos as dos meus próprios livros eram uma maçada, um saco, uma p. Mais uma revisão, não, Ruiva. Eu quero dormir.

Eu dormia bastante. Ruiva, você tem de revisar a rede de *freelancers*, isso, sim! Eles acertem os detalhes de lupa, eu concordo com a ortografia do contrato. Cada livro eram geralmente quatro dias sem dormir, não era mole.

Quanto tempo eu tinha ficado desacordado? Morgado na grama? Não lembrava da vida, entretanto dessas questões, sim. Eu devia ser de outro século, a Ruiva gozava certo da minha cara. Eu gozava o mundo tanto assim, basicamente, porque nem pertencia a ele. Vai que.

Ruiva de novo no celular. Meu anjo não desistia de mim. Eu desisto.

— De nada adianta isso aí, Alberto... Ham?

— Se a gente mira na testa, sim.

— Alberto...

— Ruiva, eu só quero... atirar, tá? Pra lá, pra cá, dá licença, sai da minha frente?

— Pra que tanta arma na... bosta da sua casa, Alberto?

— É a insegurança.

— Essa sua... paranoia está... começando a causar problemas. A grana. Ham? Pelo menos nisso você sempre foi... prático.

— Ai, meu coração, você acertou.

— Mais de 160 mil reais em armas! Eu tô sabendo. Nos três últimos meses.

— Aquele contador, eu sabia, ele contava não só pra mim.

— Essas câmeras da sua casa, tudo bem!

— As câmeras são pra proteger a Catarina. Eu amo tanto a Cat. Né, amor?

Lá veio outra rajada de palavras sob tarja preta, do quarto. Foi uma sequência cabeludíssima. Catarina caprichava, às vezes. Se você xingasse por nós, querida, pela dupla, pela sociedade, seríamos invencíveis. Os *haters* não teriam chance nenhuma nas plataformas virtuais. Apanhavam fácil. Mas, não.

Agora, eram já seis da tarde, estávamos desprotegidos, Ruiva. Era o *happy hour* da Catarina. Nessas horas, Cat ficava à vontade; eu, nem tanto. Calma, eu estava bem armado, bem guarnecido, tudo *ok*. Tudo melhoraria se ficássemos, eu e ela, meio distantes um do outro —

um longe do outro e os dois perto da civilização. Até por isso mandei construírem a nova casona tão larga. Era um casamento... difícil. Certos problemas de álcool, sem filhos, a não ser os "da puta". Um casamento impublicável, só bebendo também.

— Umas seiscentas armas.
— O quê? Tá maluco, Alberto?
— Ãã, sim.
— Você tem seiscentas armas na sua casa?
— Estou atirando tão bem! Precisa ver... mas, de longe, sabe como é. Compor o personagem, mesmo errado, o que me resta de mim senão outro, Ruiva?
— Você não pode, simplesmente, acreditar nos seus próprios livros. Aquilo foi inventado!
— Hi! E como!
É?
— As histórias não... existiram. Você...
— Eu também não. Há uma coerência massacrante na minha não história, eu sei. O pessoal da mídia acredita em mim. É a fé na farsa, seria tão bom se fosse de verdade. Não acredito!
— ... Tem de sair desse redemoinho, Alberto. Agora você é... outra pessoa.
Eu gargalhei muito.
— E eu não sei?
— Você sabe o que eu quis dizer. Você tá se escondendo com esquisitices e armas, e alarmes, e ameaças de dar tiros nos repórteres. Sua casa está virando um *bunker*, tá certo?
— Pois é. Nem assim protege. Mais armas, mais.
— Parece que tá drogado! Saiu um artigo, uma revista virtual de críticos literários. Nada bom. É sobre *Atirando da garagem*. Não gostaram muito de *Atirando da garagem*.
— É a tradição. Veja, acertei, então: isto está previsto no livro. São só... meus *haters* ilustrados, Ruiva. Oi, *haters* ilustrados. Apreendo bom

vocabulário com eles. Xingar de cima é outro patamar. Eu me sinto alto, até... mesmo tão lá embaixo, depois de ler aquilo.

— Você não repetiu o feito dos dois primeiros livros.

— Eu fracassei, demorou um pouco, mas aí está, comprovada a tese dos caras. Eles sabem mais mesmo. E daí? Vai encarar?

— Eles não entenderam a proposta desse terceiro livro.

— E eu é que sou idiota? Na verdade.... nem eu entendi tão bem assim. Ah, eu explico nas palestras depois, tudo bem. Mediante ingresso.

— É só continuarem contratando, né, Alberto? E pra isso... você tem de sustentar sua... moral. Seu nome. E, com os livros em... queda... Como?

— As vendas, de repente, não.

— Se a situação continuar, vão cair também. Eu sei.

— Que deprê. Preciso me reinventar, talvez até um novo nome. Forjar uns documentos mais bonitos, mais perfeitos ainda. Tudo pela ficção, meu lema de verdade. Reinventar... é minha especialidade, Ruiva, prova maior vem justo nestas orações. E, ainda por cima, neste caso... olhe o requinte — é pura e cristalina verdade. Como tudo o que eu invento só pra você, querida. Sob medida.

— .... Foco, Alberto.

— Taí, mira.

— Foco. Pega leve, Alberto. Pare de beber. Não exagera, os caras enjoam fácil... você fica sem público e sem... nada. Entende?

— Já me aconteceu, nem quero lembrar.

— Se cuida.

— Sem problema. A Catarina me estimula nisso, né, amor? Cê tá aí, amor? Obrigado! Tá ouvindo?

Vá... etc., etc. Lá vieram os mesmos palavrões de fim de tarde. Vinham agora dum ímpeto (ódio) renovado, no *unhappy hour*. Eu adorava energizar aquela mulher. Estou atiçando, querida.

Eu me sentia vazio, não sabia quem era. Ficava inspirado, então. Fui ao computador e comecei mais um livro. *Haters* ilustrados, sou eu de novo. Minha tradição é ressuscitar, bu pra vocês também.

MATUSALÉM... Matusalém, donde eu tinha tirado o Matusalém? Ah, do Brasil, é mesmo. Matusalém continuou a viver no topo, no fim do meu livro. Ficou totalmente devassado em suas características pobres e pequenas, provincianas, terminou decodificado, esquematizado, esclarecido. Águas transparentes, tubarão. Transfigurou-se o mano em uma teoria morta e é ele, na verdade, a grande vítima de *O esquecido*.

Lá dependurado, morto em vida, especificado segundo a sua estreiteza, etiquetado com um palavrão em latim, descrito sem piedade, tal um coração de rato morto, pequeno e inútil. Nojento. É o meu objeto de sacrifício, o diabo atarraxado na cruz sob luz, sim. Todavia essa luz aqui a mostrar a tipologia simples de onde ele procede e da qual não pode fugir. Feito uma barata viva alfinetada para sempre na parede de um museu, a etiqueta a descrevê-la com frieza, ela e suas perninhas atrás de uma parede de vidro, a ser alimentada vez em quando a xixi--cocô — o Prometeu das baratas. O Prometeu dos tubaronatas.

Gostei daquele final de *O esquecido*: difícil esquecer (por que não lembrar dessa frase horrível pela última vez? Acho). Acho um final até curioso e uma chibatada nos olhos dos admiradores do tipo Matusalém, politiqueiros intrigueiros, alguns militares trouxas, uns raivosinhos puxa-sacos de ricaços de YouTube, uns criminosos de boa estirpe (parabéns). Aqueles a tanto me xingarem na internet pelo destino do mero... personagem, mas o herói deles.

Matusalém é meu mártir de laboratório, meu mártir de estimação, meu mártir de criação. O vilão certo na cruz do meu evangelho. Adeus,

Pilatos, lavo a história assim, você todo lavado em sangue, dependurado na cruz — e sem história, malandro. Acabar esquecido então, era o jeito — e eis sua morte eternidade afora, morte eterna. Matusalém consta ele acorrentado e dissecado no meio da mesa no morgue, vivo ainda — e ele antes de partir de vez confessa todos os seus males e seus malfeitos e suas mortes nas costas, com pontuação em superpalavrões, assume os cadáveres que nem eram dele também, em busca de redenção, seu passado ali vencia por ele e tudo... valera daí a pena, no fundo. Eu dou uma facada final e fim. Cena bonita, aquele estômago aberto.

Minha vida anterior, esquecer. Fazer igual a ela e a mim. Eu podia ser de fato um nada, e, nesta outra vida, ter me lembrado do principal daquela vida — ser um nada. Tudo de marcante. Tento consertar a coisa agora e não é um bom viés?

Agora sou um nada porque sou habitado por tudo. Um aproveitamento muito mais otimizado de espaço. Um papo firme.

— Tenho sido seguido.
— Quê? Ah, não, Alberto. Esse papo de novo?
— Sério. Nestes últimos tempos, tem sempre um carro atrás de mim, de vidro fumê, um para-brisa provavelmente contra a lei. E o de dentro, então! É um indício obscuro e nada bom. *Encurralado*, assisti ontem, pela primeira vez (acho) e fui muito longe com o Dennis Weaver fugindo do caminhão malvadão na estrada. O mal não tem cara, exceto a do bem? Uma frase que pulou direto do meu tálamo para o mundo, ao ar das ondas eletromagnéticas. A intenção desses carros... não parece ser só me assustar. Eu já morri, me assustar por aí não é tarefa tão fácil, só eu consigo, às vezes. Tudo bem, levo minha .451 pra toda parte, é uma... segurança, um cadeado, uma raiva direcionada ao alvo mais certo. O desconhecido, sim, assusta, mas, se você conseguir acertar a testa dele, ué? Um cadáver frio conhecido já não tem tanto apelo ao nosso límbico.

— Isso não é comigo, é com a polícia, Alberto...

— Tenho medo dela também, ela pode, por acaso, ir a fundo na investigação e não encontrar pista nenhuma de perseguidores de vidro fumê. Os caras devem ter dinheiro. Daí ela pode partir pra um suspeito à mão, no caso todo, o único e talvez mais suspeito, concreto, na prática: eu. Desforra na cara da vítima, é por aí.

— Meu Deus.

— Daí, os policiais vão fazer muitas perguntas, vão farejar aqui e ali na minha casa, podem sujar nos cantos, vão ver meus documentos falsos e... caso resolvido. A parte mais estranha da história, a vítima, foi solucionada. Ela agora não fala mais nada, dentes quebrados numa instituição pra doentes mentais que aprontaram muito. Ela lá esquecida, eu calado e todo o caso resolvido. Era eu todo o caso, mentiroso e maluco. Ponto para a lei.

— As vendas vão subir, tem isso.

— Cinco anos de sentença? Eu saio em um e meio. Num Juqueri qualquer, sim, manos. Só que... fui preso político, é isso. Vou contar a minha ficção e vocês resolvem qual comprar. A da segurança pública ou a minha, ham? Eu vou ter mais charme. Penso numa tetralogia: *Meu nome: ficção.* Ham? Vai ser sair do baixo astral com estilo.

— Espero não passar uma temporada lá no seu Juqueri também. A editora tem as suas responsabilidades, entende, não é?

— Segunda-feira. Segunda veio uma moto suspeita do meu lado, quase para cima de mim. Não, não era autógrafo dalgum fã de nicho. Eu também estava disfarçado, uns óculos escuros e uma roupa igual à roupa dos meus seguranças, coitados. Na moto, vinham dois babacas daquele tipo, venderiam a mãezinha à prestação, sem juros. O mercado pode também salvar/resgatar o que não produz grande valor. Nem, vai ver, tem. A moto de barriga cinza passou bem ao meu lado, o vento dela quase me derrubou e eu quase senti o tiro nas minhas costas ou na nuca. Me deu calafrios.

— Alguém atirou?

— Não que eu tenha sentido. Eu não morro fácil, não sei se sabe. Eu vivo aprendendo isso, minha vida é uma tragédia em capítulos. A cada final de capítulo: morte. Mas... calma, público e protagonista, era só... ficção. Muito embora os cortes na garganta, as marcas de bala, as chicotadas na cabeça, o olho vazado e os ossos quebrados demonstrem que enganar a morte implica as suas surras. A morte não apanha; eu, sim.

— Hum... O que aconteceu com a moto?

— A barbeiragem do brasileiro no trânsito ajudou muito. Ela trombou na cena e mostrou seu valor. Um carro.

— Um... carro?

— Ele apareceu do nada, bateu na traseira de um caminhão de lixo, imagine. O caminhão de lixo parou de repente, bem no meio da avenida — e logo atrás dele vinha... quem? Pois é, lá se foram os dois sujeitos da moto e lá se foi a moto. O motoqueiro acabou dentro da caçamba, no meio do lixo, exatamente; o sujeito da garupa foi lançado no meio da avenida, um local problemático, proibidíssimo, vamos convir. Bom, veio o carro de trás da moto e não conseguiu parar também — ele esmagou a cabeça da toupeira da garupa, foi bem na minha frente. Foi uma solução cênica simples, parecia até um clichê. Bom efeito de cores no asfalto, isso foi verdade.

Calma, a cena melhora. De repente apareceu ainda outro carro e completou a terraplanagem do garupeiro, o massacre, a carnificina, a matança, a açougueragem, o fim. O sujeito foi esmagado sem seus últimos ossos e ficou ali, na minha frente, todo um molho de tomate cobrindo uma tainha sem cabeça, no final. Aí, sim, perceba uma cena forte que disse a que veio. Essa realmente foi além da banalidade das decapitações do dia a dia.

Para completar, vi muita gente passando mal e vomitando de verdade no trânsito, naquele calor. Uma reação de quem sentiu fundo. O humano ainda resiste.

— Que horror!

— Palmas pra esse pessoal. Eu não via arma nenhuma na mão do sujeito esmagado sem cabeça, mas... eu tive certeza, tinha uma arma por ali, em algum lugar. Me abaixei e lá estava ela, bem debaixo do caminhão do lixo. Estava do lado adivinhe do quê...? Amigo... manter a cabeça no trânsito era essencial, sentia avisar só agora. Que final feliz, dá gosto contar.

Tinha miolos espalhados naquele trecho todo da avenida Niemeyer. O outro sujeito, de repente, pulou da caçamba do caminhão de lixo e, quando foi começar a correr, escorregou na meleca do companheiro de trabalho. Caiu entre dois Corsas, acho. Essa cena dava o que pensar. Depois, ele conseguiu sair correndo direito e direto, as mãos foram segurando as ancas. Ele estava todo torto e levava na calça e na camisa lembranças do amigo. Com tanta lembrança assim, não sobrariam saudades.

A parte esquerda do corpo inteiro do sujeito mancava, a testa dele sangrava e ele sumiu do outro lado da avenida. Era uma dupla cômica, só que o trânsito das metrópoles brasileiras... é de outro gênero. Eles não entenderam a piada que eram. Saiba quem é, não deixe o mundo avisar rindo primeiro.

Meu personagem riu no final. E, assim, o final foi mesmo... sei lá... feliz.

— Isso é muito grave, Alberto! Fez B.O.?

— Não, soaria meio falso, igual meus documentos. Essas coisas acontecem, Ruiva.

— Acontecem?

— Aliás, espero só que aconteça muitas e muitas vezes desse mesmo jeito. Com outros, de preferência. Comigo, não, violão.

Eu só queria comer minha feijoada de legumes no Bergamo's, só isso. De repente fiquei sem fome e só quis comer um açaí com morango e gergelim. Vamos lá no Bergamo's qualquer dia? Eu mostro pra você o lugar exato onde tudo aconteceu...

— Não, obrigada. Daqui a uns anos, pode ser. Muitos anos.

— Está ficando difícil viver nesse mundo. Os miolos e as cabeças arrancadas procuram a gente fora dos sonhos e do cinema, isso está muito estranho. O mundo é igual a mim, aí já é demais.

— Você quer se mudar pra São Paulo?

— Não. Nova York? Roma? Londres, Barcelona, Lucerna, Cádiz? Talvez Florença? Eu posso pensar nessas outras opções.

— Levar tantas armas pra lá... vai ficar caro.

— É, pensando bem, diga aos malandros que fico. Pode ser minha grande oportunidade de usar todas aquelas armas, do meu *bunker*... e nem ser preso.

— Humm.

Mandar pro inferno, um paraíso do falso deus — você, eu. Estou me especializando em frases de efeito agora, nos livros. Isso vicia.

— Eu vou ficar vivo, não se preocupe.

— Se quiser, posso providenciar um apartamento em São Paulo, por um tempo. Tem o... Raduan escondido lá também, tem o Loyola, o Rubem Paiva, o Piva... não, o Piva morreu.

— Tem certeza?

Ai, saco. E eu fiquei alguns dias lá em São Paulo. Fui para acalmar a Ruiva, a Mora e a Catarina, elas estavam com um certo medo, e eu, sem nenhum, fui convencido por elas, para dar uma palha, uma atenção, uma chance. Uma satisfação.

Retornei logo ao Rio. São Paulo, eu nunca tinha propriamente vivido por lá, só tinha morrido, era diferente. No Rio eu tinha um arsenal mais apropriado, inclusive com um blindado semimilitar. Lá eu podia esperar a morte dali, do quartel-general. Ai da morte.

Em São Paulo, a sensação de estar sendo seguido piorou. Afinal, eu estava num labirinto ainda mais desconhecido e maior. Resolvi usar o tema paranoia sem medo no livro vindouro, que se abriu com uma cena ideal: eu era o maluco total saído de uma clínica psiquiátrica. Levava comigo todo um mundo paralelo muito torto e doido, o mundo estava lá todo pronto na cabeça, um verdadeiro roseiral de postulados e de fantasiosidades a sustentar o delírio todo, o transe. E eu era consciente absoluto no instante em que mentava, aventava e tornava críveis as suposições fantasiosas — a ponto de elas acabarem, por fim, fazendo meu "eu do quadrante do personagem" acreditar em minha própria criação, feito um esquizofrênico da tradição mesmo. Aqui um apelo ao clássico dos anais. A história era tão boa e convincente que, de repente, acreditar na balela, na farsa e acreditar em mim se mixaram, viraram o mesmo e eis que eu passara a ter, com isso, um ímpeto de ferro para poder fugir daquela loucura. Com efeito, bordei lindo: eu não era aquele sujeito vítima de um *hacker*, que ademais houvera roubado relatórios de produção, senhas corporativas, muita grana, deixando-me um tanto sem emprego, um tanto endividado e com a pecha de otário, e não era o sujeito que depois, sem ajuda nenhuminha da polícia, pois ela tinha envolvimento, localizara o tal *hacker* e, entre machadadas e chutes na cara, o esfolara ainda vivo; eu exagerara um pouco, eu sei, as "pichações" da cena diziam; mas não... eu era coisa mais fina, era diamante mais luminoso, eu delirara ser um preso político, manos. Se fosse para eu ser muito doido e manipulado, meu deus fosse mais íntimo, por assim dizer. Nesse ímpeto, eu, muito louco autoconfiante, cheio de autofé, impelido pela minha crença, consigo pular os muros da prisão para doidos. Eu fugia armado até os dentes, os guardas do local não tiveram chance, não estavam preparados para o Haldol na jugular: ficaram inoperantes na primeira agulhada. E, de súbito, muro pulado, já lá fora, encarando o mundo todo — helicópteros começaram a dar rasantes, eram dezenas; policiais apontavam lá de longe à minha cara, meu Deus, aquilo parecia o meu próprio *"game"*, a minha narrativa, a minha história, a minha parada, o meu ambiente delirante, o meu sonho, o meu pesadelo. Nos megafones, os guardas chamavam a mim pelo nome do "personagem" da minha fantasia-delírio, imaginem, o nome que eu inventara, o nome do fujão-herói gestado todo por mim. O mundo também não estava muito bem, é. Vieram uns tiros e tudo ficou claro, depois escuro.

Nessa situação de paranoias estranhas, minha nuca começou a doer de modo agudo.

No aeroporto, no carro de aplicativo, no banheiro do hotel perto da Paulista, ao atravessar as roletas do metrô Paraíso, eu fui ficando sem medo da vida ao engendrar os detalhes de formação de outra vida. Deus, naqueles seus tempos de criação, se distraiu muito ao criar o átomo supermassivo e superextendido chamado cosmo.

A eternidade é um peso e não chega a ser má ideia aliviar-se deste peso mediante a criação e a gerência de um plano quadridimensional feito basicamente de transitórios entropizados. Toda uma árvore de probabilidades a dar, então, os frutos das múltiplas histórias. Narrativas à disposição para serem lidas, segundo obradas pela autoescrita de um "planeta-autor" — histórias estas a brotarem espontâneas e a contarem a experiência sem fim de sua gênese, de certa maneira. Um sistema este cujo funcionamento se arrimaria num centro-randômico a improvisar diferenças mínimas a ponto de a massa de singularidades produzida... acabar por gerar um entretenimento eterno, pareado ao da criação, propriamente — um "entretenimento pareado" que, não podendo criar mais que a si, acabaria por se criar em partículas ao longo do tempo, indefinidamente, concomitantemente, sendo a contação de sua gênese o seu mesmo fim, jamais aportável. E daí aquele germinar a repetir sempre o milagre da própria criação. Uma eternidade sem tempo, eis, só espaço. Um livro a contar todas as histórias do mundo, deste mundo, ao menos — os vocábulos formados alterando sua disposição nas páginas e em narração de muitas histórias diversas; as palavras a contarem acerca do que fariam, se fossem... eternas. Todas elas contando para não morrerem.

 Peso e tamanho. E entretenimento (quase) proporcional. Uma fórmula combinando itens e estatutos e tamanhos opostos. Muito profundo. Eu morri, afinal. De repente, acordei e meus olhos se acostumaram com o fundo do breu mais preto. Lá eu vi a vida toda, em relances, após o estatuto, a ação, a existência da própria. Nem se fosse só a minha, era a vida em bom exemplo pinçado do mais profundo nada. Verdade.

 Fiquei lá em São Paulo. Passeei um monte, ia nos *shoppings*, Iguatemi, Morumbi, muita *pizza*, só azeite na *pizza*, por favor, era outra civilização. Virados à paulista, muito cuscuz de sardinha e ovo de codorna, muito quibe cru ou frito, muito *lámen* com carnes de vaca, muitos beirutes de contrafilé e maionese da casa, muito acarajé de camarão rosa, muitas tábuas de degustação no Dom, muita gordura premiada na Casa do Porco, muito bauru no estilo original (de rosbife), no Ponto Chic, muito sanduíche de pernil e cerveja, às duas da manhã, no Estadão, muita macarronada com frango e batatas cozidos, no domingo, nas cantinas do Bixiga, muito filé mignon ao ponto, mais creme de milho e arroz com brócolis, muitas pescadas com purê de batata ou à fiorentina, nas sextas. Muita moqueca capixaba, sem dendê, às quartas.

O Museu do Ipiranga estava reaberto ao público. Tínhamos de ir. Vamos. Conhece, Alberto?

Que eu me lembre...

— Bom conhecer a própria História, coisa essencial. Vamos lá.

— Minha pergunta?

— Não lembro.

Catarina xingou de novo, contudo agora ela estava num outro mundo. Embora eu estivesse do lado ainda, ela podia sonhar grandes fugas (de mim) ali. Havia espaço suficiente, muitas ruas compridas, não havia nem aqueles morros todos. Sampa era um campo mais aberto. São Paulo abria para todo lado e, desse modo, abria para ela um mundo, esquinas, avenidonas, vielas, casinhas, zoológicos, becos, lojas e mais lojas e, sobretudo, padarias, lojas de conveniência, espigões, *shoppings* e estacionamentos — queria ver me achar, Alberto. Nunca mais, Alberto! Me esqueça, Alberto, se puder. Se não puder, troque o nome também e faça de conta que eu não existi, babaca.

Não estávamos numa boa fase, outra vez. Talvez as duas primeiras semanas da gente tenham sido... inesquecíveis. Duas semanas do primeiro encontro, não estávamos casados. Quem sabe, devêssemos voltar àquele tempo bom, querida, e ficar nele, jamais casando. Eu teria você e a minha metade assegurada — a metade que você agora levará, em bens, carros, joias, aplicações no mercado. E quantas roupas.

Fui andando pelas ruas, pelas feiras de domingo, comi pastéis, segui pelo Mercadão, pelo centro, vi a São Francisco, fui ao Viaduto do Chá. Depois, frequentei as ruas de prédios residenciais no Paraíso, perambulei pela Aclimação. Eu andava e concatenava as minhas peças, quer dizer, os conectivos e as passagens dentro dos capítulos do livro já terminado, antes da revisão. Aquela era a revisão, ambulante, eu em processo. E, assim, *Gênesis do Deus com Alzheimer* se tornava um pojeto finalmente pronto. Eu me diverti desse modo e a vida lá fora também contava sua história para mim. Eu me sentia entretido, feito o deus da minha parábola. Eu acho uma colocação chique.

Quem eu tinha sido, esta é a questão: eu. Quem eu tinha sido de tão dispensável, a ponto de nem eu mais me lembrar? Eu não esquecia esta subquestão óbvia. Algum tipo de criminoso, ou mesmo um trouxa usado por malandros da pesada do PCC? Algum barão financeiro frequente no Seen? De onde havia saído aquela narrativa, além de das várias fontes literárias? Calvino, Greene, Joyce, Rubem Fonseca, Cervantes, Knausgård, Borges, Graciliano, Foucault, Roth? Conan Doyle — eu só roubei vocês, manos? Seria tão inocente assim?

Um Joseph K. sobrevivente. Um K. sobrevivente à execução pelos funcionários do Estado. Eles me deram uns tiros, tudo bem. Ganhei uma cova clandestina, de número grande, a burocracia é boa com números e clandestinidades. Só tinha uma coisa, levantei num grito mudo, depois de em hipótese morto. Havia vida após? Não acredito! Para alguns, sim, pelo jeito! Bom, levantei vivo e havia aquelas... pás do meu lado ali, boa ideia, providencial, pessoal. Pensaram além — em mim. Os sujeitos funcionários estavam meio distraídos, depois de me terem dado várias pancadas na cabeça e de pensarem eu estar morto de vez. Não, pessoal. De minha parte então foram dois golpes secos bem na nuca de um deles — e outro golpe seco e no meio da testa do que se virou, com atraso. Na nuca dói, eu lembro. Etiquetagem, anonimato e economia, qualquer administração quereria isso, dois sujeitos no lugar de um evaporável só. Isso era prático, todos veriam depois. E eu, um pouco cansado e com alguma terra no cabelo, saio da minha quase cova feliz. Um final além de *O Processo*. O processo demorara, mas a justiça viera e viria.

O velho K., quer dizer, eu, disfarçado — do que eu iria viver mesmo? Ia rodar e rodar por Praga e me sentir numa praga, de fato. Iria me rebelar, roubar as pessoas certas e sobreviver, pelo menos isso. Seria um ladrão por vingança. Taí, um cargo novo. A sentença já fora estabelecida contra mim, faltava, agora, a parte-culpa, a fim de a minha história ter um sentido acabado antes de mim.

Às vezes, eu roubaria das gavetas e dos cofres de juízes mortos a pauladas. Aqueles juízes que teriam me condenado. Os velhotes sangrariam tanto em cima dos processos inacabados, contudo assinariam com sangue antes, assinariam no mais aberto dos calhamaços: culpado! A cenografia era tudo, eu fazia questão. Às vezes, seriam padres os escolhidos. Seriam os padres a não me terem auxiliado tanto assim, só haviam rezado por eles, pela traição sobre o otário aqui. Os padres e as igrejas tinham boa prataria e umas adagas pontudas; tinham umas cruzes rombudas cheias de madrepérolas e rubis; instrumental utilíssimo até mesmo antes da venda no mercado negro.

No mais, eu roubaria altos funcionários cinzas e de cinza, opacos, chapéus cinzas, ternos, calças, sapatos, meias, eventuais cachecóis cinzas, cuecas cinzas, sombras deles mesmos. Roubaria claramente, um toque de luz àquelas vidas, no final das contas. O povo não estava morto e reivindicava a sua parte no roubo social. Golpes de pás também neles. Seria uma tradição, uma marca minha. Pás, mano, pra você também, pás. Daí seria só vender bem os bens bem-roubados para criminosos, malandros e traficantes, e se disfarçar também bem. Logo chegaria o fim do livro, o velho K. agora conhecia sua culpa, conhecia ela toda — e, melhor, ela já estava paga. Tanto quanto sua próxima identidade falsa. Ser outro, noutra cidade, noutras plagas, talvez nos EUA, sei lá. No além-Atlântico o antissemitismo ainda estava na fase-palavrão. O dinheiro ajudaria muito na mudança.

———⧫———

BUSCAR HISTÓRIAS nem se à bala. Cuidado, eu podia atirar em você e depois contar você em seu lugar. Era a forma de adaptação do escritor aos nichos de mercado, criando um: biografia de leitores. Vocês sumiam, leitores, porém ganhavam aquela história emocionante no lugar. Eu, homicida louco e bem empreendedor — depois de matar o fã, me mostraria todo falsamente condoído do fã morto e proporia um trabalho de "resgate biográfico" à família do mano cadáver, coitado. No mais, cobraria barato dos papais e das mamães o trabalho — porque contenção, trabalho e generosidade são tudo nesta vida. Nesta vida selvagem.

Algo em mim mandava aumentar de sobejo a "defesa" da casa. Eu tinha pavor de ser pego de surpresa por alguém mais imprevisível (excêntrico) e armado. Mandei instalarem mais câmeras, em todo lugar. Agora eu queria câmeras até nos lavabos dos visitantes. No quarto dos manés dos hóspedes também. Essas câmeras novas tinham *zoom* intrusivo, e o modelo era o "Hubble", imaginem. Eram as "rubinhas". No modo ultra, dava para ver até os ácaros e os vermes na cara do sujeito "pesquisado".

Todos traziam grandes perigos. Então, era só olhar de bem perto, eu sabia. Só eles, não. Catarina, um grande perigo, um perigo mega, era a mais vigiada da casa. Mandei alguns detetives atrás dela até, além de ter instalado as câmeras quando ela ainda estava em São Paulo. Aliás, me traindo, porém o direito de paridade das mulheres era sagrado para mim. De sorte que eu a traí também e nas mesmas noites em que ela saía com Francisko Melles. Melles... era um riquinho paulista que, embora vazio, preenchia muito bem a Cat, não é, Catarina? Devia ser o tamanho do membro do maldito: nada na cabeça, contudo, em todo caso, uma cabeçona ele tinha.

Uma bala seria provável ali, eu sei, Michael. Porventura eu mandasse umas na cara do Melles, um dia. Na próxima vez?

Eu, em resposta muda, traí igual Catarina, às terças e quintas. Vejam, eu era feinho, só que tinha grana, tinha charme de velho bem-apessoado (e alimentado), me vestia alinhado, ternos, claro. Duas moças, de uma vez, meu harém, eu fiz por merecer um. E esqueci Catarina, naqueles dias. Totalmente. Era um amor em dobro por você, querida — olha a prova aí.

Certo, Catarina era mais gostosa e de qualquer ângulo, até as câmeras confessavam. Sem falar, amor. Nem o amante Francisko dela aguentou, ele a deixou sem uma palavra, o malandro fugiu, talvez para outro país. Eu entendo. Ela poderia começar a reclamar e, aí, para não passar por aquele pesadelo, por aquela tortura, ele teria de reatar com ela. Catarina foi deixada no seu altar espúrio paralelo, de Maria Madalena — e ela chorou e chorou, vazou por quinze minutos e prometeu envenenamentos do sujeito à sua amiga Fernanda, por telefone. Eu estava vivo só porque era eu, muito provável isso. Nem prováveis altas doses de estricnina teriam conseguido obter o feito fatal.

Câmeras na cozinha, sim: cinco, uma em cada canto. Só para me tranquilizar. Instalaram, beleza.

Lá em São Paulo, logo Catarina cuspiu os venenos de lado e renasceu, não obstante. A vida era dinâmica nas megalópoles, Sampa e Rio. Em pouco tempo ela estava na Oscar Freire de novo, gastando os meus tubos. Eu, afinal, era especialista no quesito pagar tudo, por mais caro fosse. Sim, alguém ia pagar caro pela traição do Francisko Melles — e meu cartão estava indefeso. Nossa conta corrente conjunta (uma das minhas, uma das) pagou caro pela decepção toda, à vista e o triplo. Eu amava Catarina de longe, era o ideal assim. Era seguro, era platônico, era masturbatório, era esperança, era o impossível, se não atingido à vista. Na mira.

Já aqui em casa, quando ela voltou de São Paulo — ela até me deu, tudo para se vingar do amante perdido. Não foi má a noite, garanto. Quanto amor. Que pornô incrível.

Depois, dia seguinte, ela quis turbinar os dentes. Ficariam dentes de artista norte-americana, o dentista garantiu. Eu mandei investigarem o meliante e, tudo bem, eu só pagaria caríssimo as consultas e o material, dessa vez. Seria um caso estritamente profissional. O rosto lisinho de Catarina, seu cabelo loiro de boneca, pintado, seus peitos... impressionantes, seu bumbum delícia e, agora, aqueles dentes recapeados. Outra noite milagrosa daquela — eu ia sonhar com ela o resto dos anos. Quem sabe, um dia viesse. A perfeição evoluía, para longe de mim. Eu a propelia a esta sobrecondição, era autor também ali. Eu ia além, em tese, e a tese ia além de si, em concreto, um arranjo trilegal.

Nota: divertido ver as rugas de algumas pessoas nos *zooms*. Eu ria muito. Iam até artistas lá e eu detinha a informação: de perto você é muito feio, mano. O mundo era. Porventura, no substancial houvesse alguma esperança de que não.

Eu podia recomendar vários cirurgiões plásticos no país todo para vocês, em especial os do Rio. Calma, eu tinha investigado os caras, eram de confiança e cobravam conforme o mercado, podem confiar. Creiam, o dinheiro deles era em boa parte meu, não é, amor?

Detectores de metal não faltavam no meu palácio, uma vera fortaleza. E as armas dentro da casa seriam só minhas armas. Ninguém entrava armado ali, aviso formal. Como governo local (rei-sol, gerente, presidente e primeiro-ministro), só eu matava ali. Todos deveriam se comportar e talvez fossem confiscados, se necessário.

Cercas eletrificadas nos abraçavam e davam segurança 24 horas, inclusive contra alguns periquitos, alguns sabiás, alguns papagaios, alguns meninos querendo se exercitar no privado alheio e alguns micos da região. Os animais que se afastassem, uma hora eles entenderiam, eu contribuía à ecologia de forma diferente, estimulava a inteligência ecológica, digamos assim. Em um mês tínhamos já uma faixa segura — 40% deles sobreviviam ao contato com a cerca, uma taxa de sobrevivência ecologicamente sustentável, porque, vai ver, maior do que a nossa, daqui alguns anos. Nem por isso iríamos sumir. Era nossa jaula, por favor, nós éramos as enguias da região, respeito aí.

Eu tinha também um aparelho de choque especial, australiano, coisa fina (e final). Uma bela miliamperagem, venda proibida, mercado negro, relações espúrias, belo preço, para o vendedor. Quis usar o aparelho no vendedor, logo após a proposta de venda, mas me segurei. Seria na próxima, na hora do preço exorbitante do próximo aparelhinho proibido no Brasil vendido para o otário aqui. A engenhoca australiana podia aplicar choques direto no rosto do alvo, se você, no mínimo, mirasse certo. Controle remoto e o choque imobilizava e matava que era um milagre, um salve à tecnologia dos nossos dias.

O aparelho (de contenção e morte; tudo dependeria daquele pequeno botão: para cima ou para... baixo) ficava à entrada da casa e na sala de visitas. Era uma baita segurança para mim. Se quisesse, eu poderia disparar vários eletrodos em direção à cara assustada da vítima. Os eletrodos ficavam conectados a ventosas e as ventosas se grudariam à cara do alvo, num namoro quente com a "visita inesperada". Só o *alien* daria um beijo tão chocante (*caliente*). O invasor, o ladrão, o mané, o idiota, ficaria vivo ou morto ali no chão. Importante era a gente se acalmar do choque, depois a gente cuidava do cretino.

Vivo ou morto? Dúvida, dúvida. Eu moveria o botão. Vivo ou morto, vivo ou morto? E moveria, para cima, para baixo. Antes de a cobaia ficar malpassada, eu daria um *pause* no meio e concluiria. Eu estava salvo. Aí, pararia. Não é tão simples se salvar, há etapas.

Imaginei um aparelho similar àquele. Ele fritaria seletivamente o frontal do córtex cerebral do mano ladrão (umas partes só) e teríamos um zumbi no final da lição (final). Em todo caso, seria um zumbi sem vontade própria disposto a servir ao seu mestre. Servir muito bem-vestido e alinhado, trabalhando lá no setor da criadagem da casa, junto aos outros equipamentos.

O robô humanoide de cocuruto frito ainda teria emoções, seria o diferencial dele em relação ao ar-condicionado, aos computadores e aos automóveis autônomos. Ele choraria diante do sinhozinho, seu patrão, era só o patrão dar a diretiva, acionar o gatilho — "me conta alguma coisa aí". Pronto, o androide orgânico começaria a se lembrar do passado de penúrias, de sua fome, de sua família disfuncional (ela podia beber unida, num brinde só, mas bebiam todos em separado e brindavam justo a isso com os amigos e fofoqueiras cafajestes de fora do clã). O robô de pele se recordaria de sua vida em escola pública, sem professores, sem água, sem merenda, sem giz. Ele contaria de estupros e de certas substâncias ilícitas de desde bem novo. O servo contaria sobre sua miséria e sobre suas esperanças e todos da casa-grande do sinhozinho ficariam felizes de um equipamento assim tão completo, de sorte que a sobrevivência do povo e de suas histórias, suas profundidades, suas misérias, seu folclore e suas crenças haveria de estar garantida, por enquanto. Ela ensinava muito, ao próprio contador. Salário, nem pensar, mano, vai. A vida e a cultura do povo eram o mais importante — e elas estavam salvas ali, caso o androide refletisse, se lembrasse, se prostrasse.

Eu, artistocrata. Sem embargo, manos, eu tinha também lá minha função social. Aos sábados à tarde, eu me punha a ler trechos ou romances inteiros de novos autores. A Ruiva praticamente me obrigava também, vamos conceder. Bom, os novatos queriam uma chance, insistiam em ter esperanças, era a juventude. No resto do sábado, pelo que eu lembre, eu dormia, jamais infeliz.

Eu aprontava em várias áreas. Um dia, num surto logo depois de acordar, eu emendara uns projetos a desenho (minha mão se lembrou, eu sabia desenhar; eu [ar]risquei) e mandara a um arquiteto o pojeto inicial. Um ano depois, lá estava nossa terceira casa, pronta. Catarina, é aqui, olha só. Hum?

— Eu não vou morar dentro dessa porra!

— Por quê?

— Olha pra isso! Tá brincando comigo? Vão rir da nossa cara pra sempre!

— Você não vai perder essa oportunidade. Era uma subversão toda especial, sob medida.

— Ficou maluco de vez? Quando você passava de carro aqui, achei que isso ia ser um... museu.

— Não, não. É o nosso lar...

— Ah, não!

— Eu escondi tudo pensando só em você, querida. Foi pro nosso bem, enquanto sócios.

— Não vou... de jeito nenhum! Nem pensar.

Vem, amor, vem. É nossa terceira casa na cidade, essa vai dar certo. E nós, junto. Ela é tão peculiar. Quantas transas imaginárias vamos ter ali. Nem imagina. É o lugar perfeito para o nosso pornô ideal, dos sonhos, utopia nua e crua. Não tínhamos ambos amor suficiente? Sexo dos culpados, então, querida. O dos bons.

Nosso palácio, Catarina. Eu andava pelos corredores da casona, eles eram largos e imensos e sinuosos, uma beleza de piada concreta. Poucos meses depois de mudar, eu andava bebendo um pouquinho acima da conta, eu sei. Estava apenas decadente, acontece — não é, Catarina? Sou grato pela sabedoria das suas palavras, querida. Tamos juntos aí, sempre. Embora não no mesmo quarto. Eu bebia quase em regime industrial, era um vício pré-capitalista, neste sentido. Uísque do bom, isso eu fazia questão: estragar a saúde e pagar alto para isso era suicídio aos poucos para poucos. Era artistocrático, fino, coisa internacional. Eu não ia morrer, ia ser curtido devagarzinho e, um dia... pararia, igual meu fígado. Punha gelo até a borda do copo, usava meus agora onipresentes óculos de aro vermelho, era o personagem vivendo ali. Eu estava dentro da minha obra e meu livre-arbítrio frenético e meio surtado me tornava o maior dos meus personagens sempre. A certeza ficava reatualizada.

Além, eu estava bastante fora de forma. Em geral, vestia um robe azul discreto, preto, cinza, branco. Eu tinha toda uma coleção de robes, eu gostava de me lembrar sempre de ter coleções, ou seja, de ter muito. Eu era um fantasma gordinho e levemente bêbado e nessa condição (miserável) eu atravessava aquela casa surreal no Rio, perto da mata.

Eu gostava de café expresso, eram litros, brasileiro, colombiano, café árabe, café italiano, café. Café-de-jacu ou cápsulas, perfeitos. Eu tinha oito máquinas, uma em cada ponto da casa, eu era um exagero, esta era a minha tradição, no final. O que eu ia deixar. Ou não, Catarina?

Eu considerava grave a comédia descomedida da minha vida (curta) e, no final das conclusões, em cascata, todas contadas e narradas e relatadas, a obra completa resultante das horas de reflexão concedia-me o veredicto: tragicômico. Segundo a seguinte subdivisão funcional: era eu chorar, todo mundo ria da minha cara; era eu rir, todo mundo chorava; às vezes de rir, um pormenor incapaz de conspurcar a fórmula.

Eu estava outra vez diante do segundo muro interno da casa nova, que beleza. É, segundo muro, igual nos castelos. Era uma fortaleza, sim, era. Diante do muro, estimei no abstrato os trinta centímetros da largura e lá estavam eles, não faltava um quando bati naquela porta de concreto duro. Tijolos, cimento, pedras chapiscadas na casca. Numa das paredes contíguas à portada principal (portada majestosa, eu, segundo eu) havia uma chapa aparentemente sem função, decorativa, radical na aparência, coisa da Catarina, toda dourada. No artefato havia sensores. Eles escaneavam o corpo dos visitantes da casa, davam todo o serviço, delatavam a rapaziada e a mulherada, denunciavam as armas, as calcinhas, os cortadores de unha, os marcapassos dos quase mortos, até os paus pequenos (informação irrelevante). Talvez servisse para dissuadir a Catarina, traíra. Eu nunca esqueceria o Francisko de São Paulo; conquanto ela, sim. Ela jamais se esqueceria de mim, pelo resto dos anos eu estaria em todos os seus palavrões. Eram as orações da Catarina... e o inferno levasse o resto. Os sensores na placa eram de raio X de visão dupla, duas telas e tínhamos um perscrutativo em 3-D completo de você todo, mano, e de você toda, gostosa. Eu sou onipresente aqui e vejo até por dentro. Quem será meu personagem literário preferido mesmo?

Eu ficava meio perigoso demais para a simpleza de nossos dias. Era um personagem a meio tentar fugir de minha própria autoria a cada dia. Ir longe demais era premissa, princípio, destino. Estava ali, na esquina.

Eu andava meio enfezadinho. Mataria um, na verdade, só de raiva. Estava um pouco descontrolado, bebia para me acalmar e, daí, ficava triste. Catarina não servia muito para me deixar para cima, nem dela. Eu estava sozinho, eu e a meia bala na minha cabeça. Verdade. A cabeça agora doía com muita frequência, eu fui fazer um mapeamento geral por ressonância — e a constatação foi clara: havia fragmentos dos projéteis (foram dois) incrustados lá, bem no centro da minha cabeça. Eu só pensava em balas e em fugir de mim mesmo, estava explicado, *grosso modo*. Eram cacos do passado, do qual o caco era eu.

Operar? Quer dizer, abrir a sua cabeça e mexer lá dentro, nos miolos, no bulbo, na massa branca? Não, mano, aí não. Pera lá, né? Um pouco velho demais, argumentaram. E, neste dia, eu bebi todas feliz. A idade apresentava vantagens, com o tempo você aprendia. Envelhecer podia até salvar você, por exemplo, de acabar na última fase da vida respirando por aparelhos, cego, mudo e meio paralítico, por muitos e muitos anos. Surpreendente.

Daí os médicos me deram alguns remedinhos paliativos e outros aptos, que me deixavam, aliás, meio grogue (talvez fossem efeito especial, na falta doutro efeito). Então, eu, em geral, não tomava remédio nenhum, ou tomava um ou outro, raramente. Uni duni tê salamê minguê. A Catarina podia estar esperando só esta oportunidade, eu ficar besta e grogue, o sentido desenvolvido de segurança ditava, homem, em pé para chutar ou correr. Atitude ativa. Cano em riste.

Era desconfortável apodrecer vivo. Não obstante a gente se acostumava. Agora, meus olhos, de vez em quando, ficavam embaçados de repente, do nada. Meu corpo chorava por mim, eu não tinha tempo, tinha os livros, para começar, acabar. Os contratos e os textos da internet e das palestras. Os meus joelhos falseavam de súbito, do nada, e eu saía a cambalear. Eu não caía, desmoronava. Casa velha, eu sabia.

De mais a mais, tinha virado rotina acordar imobilizado, músculos paralisados, tudo travado, por alguns segundos. Eu sem poder me mexer. Durante os episódios de paralisia do sono, de consciência sem motor, eu concebia mais histórias. Criei várias assim, todas falavam do pavor de você ficar imobilizado, morto segundo a Mecânica — base a ter dado chão ao desenvolvimento de teorias, minhas, sobre a superdinâmica necessária para você poder transcender as abstrações e a mente a lhes ter dado vida: ir além do Homem e chegar lá na Humanidade, na central de probabilidades a haver gerado o fundamento de imo humano, você é o que não é, mas busca. Ao contrário daquele Senhor no Monte Sinai. Os estudos acerca dos arquétipos do Gustav Jung ajudaram um tanto. Você fugir da sua mente e chegar à humanidade, ao cerne inserto no espaço-tempo entre nós, sobre-estendendo o imo pessoal — pareceu de bom desenvolvimento, de bom tamanho. Os sonhos gerais, malucos porque amplos, e daí a caberem ao portador, qualquer um fosse. Era um sonho meu. Os leitores estanhariam aqueles dez livros tão sombrios e sem quase brincadeiras de minha autoria. Comprariam também. Eu era modinha. Eu mandava, eu imperava. Como era aquele *funk* dos anos 1990, mesmo? "Tá dominado, tá tudo dominado!" (Menos eu). Acho eu, era assim. Nera, não?

Eu não estava bem, estava um pouco paranoico e sequer cheirava algo. Um amigo viciado, um ator cheio de fama até, me aconselhou, sábio pragmatismo: aproveite o sintoma aí e vai fundo nessa carreira!

Olhei aquela fila comprida de pó sobre o espelho da minha sala, espelho retirado do nicho e colocado em cima da mesa em especial para a "cerimônia" de *overdose* solidária. Eu disse a ele: valeu, mano.

Não espalhe, mas, não, mano. O meu racional imaginar a loucura é um exercício profissional pra mim. Vai fundo, você.

Ele foi, a ambulância veio, quase sem demora. Chegou discreta, paguei o justo. Eu tinha sido essencial na hora H do 192. A consciência pode salvar você, amigo do pó. Fui visitar o amigo ator no hospital, ele já estava melhor e não fui moralista. Outro ponto a favor.

Tinha o lado bom, eu me tornava cada dia mais minha grande história — uma tragédia. Vale dizer, a maturidade literária, afinal.

Eu trágico venderia?

Catarina, eu trágico venceria?

— Quê?

— Amor, cuidado com essas castanhas aí, esses dentes custaram uma...

— Vá &%5%% no seu **&&˙˙˙˙ nessa &&%%##!

Ela tinha bebido cedo hoje, estava destemida e já quente. Eu no fundo tinha um orgulho %%% de estar aprontando aquelas garras para a &&%%## da vida, era um verdadeiro mestre. Precisava vigiar melhor.

— Você não vai pra porra de nenhum lugar, não vai pra porra de casa, de comemoração, de festa nenhuma... os caras vêm aqui e você fica bêbado na porra do seu sofá!

— Somos um, amor. Eu, o sofá e... você. Na cirrose, vamos morrer juntinhos lá, abraçadi...

— Cala essa boca, idiota!! Caladooo!! Você é um malucoo!

— Eu?

— Eu não sou obrigada a passar por isso! Tá entendendo? Você é podre de rico e nem em restaurante decente vai, seu mão de vaca! Só sai pra comer aquele mato sem graça da porcaria do Bergamo's! Eu não aguento mais ir naquele chiqueiro.

— Até minha carteira sai com saúde de lá.

— Cala essa... Você tem medo de ser envenenado, que eu sei, tá? Imaginem! Quem ia fazer uma besteira dessa? Pra quê?

— É uma loucura lá fora, amor. Seja sã.

— Cale essa boca!! Nem mais a Ruiva você visita, Alberto! A única pessoa que atura você nesta vida. Você deve até as cuecas pra ela!

Taí. Entregaria todas para a Ruiva, com prazer. Uma noite só, Ruiva. Eu devo as cuecas? Leve todas, inclusive (não é?) a que eu estiver usando. Me leva também, pra lavar, pode levar, minha vermelhinha. Trouxe uma bela grana pra você também, hem? De você eu lembro intensamente, Ruiva. De minha mãe, não; dos amores mundanos, não; das esposas, das noivas, das namoradas, das amantes, das putas, não. Lembro do professor Guimarães, coitado. Ele não era meu tipo, era homem, afinal, não era culpa dele. Era um grande sujeito e um grande papo. A Mora é uma maravilha também, hein? Desculpe, Ruiva. Nós, juntos, seria para a Mora não sentir ciúmes. Para o bem do trisal. Minha vermelhinha.

— Acha que eu vou ser sua boneca pra sempre?

Ah, fosse uma inflável, vez em quando! Eu queria.

— Não sei se você sabe, mas eu estou viva, entende isso? Não, né?

— Estou tentando me lembrar. Está difícil, o casamento não ajuda...

A porta caiu em minha cabeça, em tese. Ela saiu da sala de estar feito um furacão indo embora. Quase rachou a madeira ao sair. Uma saída marcante de cena. E eu, vivo — apenas teatro-realidade, civilização e poder tê-la, isso manda no mundo.

Um relacionamento complicado. Muito quase amor, contudo em potencial, em suspensão, cada um em seu reservatório. Um dia explodiria, longe daquela casa. Uma condição incontornável.

Ela não era fácil também. Uma mulher difícil. Não rara, difícil. De vez em quando dava na veneta pichar o espelho do meu banheiro. Verdade, ela tinha a pachorra de sacar o batom e escrever no espelho do banheiro comum da casa coisas que eu... adoraria fazer, sobretudo com ela. E não. Em vez de facilitar a vida, ela preferia o inferno. No inferno ela mandava, era sua crença.

Eu buscava sofisticar a relação. Citava os clássicos, Montaigne, Terêncio, Jesus, Paulo das *Epístolas*. E... nada. Ela xingava todo mundo, com palavrões clássicos. Um total desrespeito, manos, vocês entenderam agora, do outro lado, o que era ser indomável?

Eu empregava um tom vazio, fino, monótono, monocórdio, elegante, de narrador de rádio, vagaroso, meio pastoso, firme, *sexy*, conciliador, paternal nas citações. Desconfio, escapei algumas vezes de ser morto a facadas ou a parafusadoras elétricas na testa ou em lugares ainda mais decisivos e delicados. Seria uma cena épica de filme B; outro nível, querida, sobe, sobe, venha até mim.

Não. Ela era nível B, tinha orgulho *pop* de ser B e, desse modo, eu ia ter a morte horrenda e rastaquera merecida. O nível B tinha as suas vantagens A.

As pistolas, os fuzis de assalto, as metralhas, sempre me preocupei com o acesso às armas. Cadeados, chaves e lugares secretos na casa. Senão, eu nem dormia.

Eu tentava. Eu me punha a ler dias seguidos. Era outra mania, claro. Eu ficava deitado num dos quartos, conforto a toda prova, luz amarela. Eu sempre de terno cinza de seda, evidente. Afinal, uma ocasião perfeita exigia um terno perfeito. Era uma tese boba minha.

Depois, eu dormia tranquilo e parado oito horas, dez, doze, quinze, e acordava com a roupa toda lisa, perfeita. Jamais amarrotada — elegância tinha um nome, Alberto Camilo. Um dia lançava minha linha de ternos.

Estimulado pelos autores em tinta fresca na memória, eu ia, daí, compartilhar o saber, ia espalhar as boas-novas, a palavra... para Catarina. Repetia muitas passagens decoradas e emitia citações como se elas fossem minhas (algumas eram, no fundo). Era pedante, mas, se sim, toda cultura era. Amor, talvez toda a sabedoria do mundo junta pudesse nos ajudar.

Mandava Paracelso, Macróbio, recitava Dante, florentino e tradução, falava de Shakespeare, Rilke, Blake, Byron, Goethe. Digressionava fundo sobre Freud, Wordsworth, Ovídio, Breuler, Eça, Gabriel Rossetti, Antonio Candido, Adorno, Petrarca, o velho Vinicius. Ela só pensava nas furadeiras. Era um amor, para além de platônico por falta de sexo, impossível.

O mundo me escutava e o mundo daí respondia, se sentindo desafiado. Catarina me assestava outras verdades, lá do seu lado.

Depois daquele sexo para cura do episódio do Francisko Melles (cura dela, só; mas que *performance*), houve um último encontro entre nós. Snif. Nós trombamos entre o quarto dela e o meu e não sei por que sabíamos ser uma despedida. Fomos para a cama do quarto do meio, uma cama de solteiro toda desarrumada. Havia um monte de bonecas de pano em cima, um monte quer dizer mais de trinta. Nada falamos, para não atrapalhar o momento, era importante, apesar das bonecas. E, sem pedirmos licença, fomos jovens de novo. Eu um pouco menos. Deu certo, os grunhidos eram aí, sim, bem entendidos, e foi uma noite miraculosa. Dessas noites que nunca mais iam acontecer. Snif.

E ela... quis mais naquela noite. Impressionante. Eu estava em boa forma, eu falei. Tem certeza, não é pegadinha? Eu dava tapas na bunda dela, na cama, e tudo ficava bem. No fundo e deitada, era uma boa moça e uma moça boa, os dois. Algo aí, sim, jamais vulgar.

O S LIVROS ERAM O FATO E A PROPAGANDA. O negócio era eu. Romances e novelas literárias sozinhos nunca iam me dar grande soma, afinal, não morávamos numa ficção. O real mandava; eu mandava no real; eu lucrava. Da cartilha dos tubarões, não sabiam?

Mais de 90% da minha renda resultava da rede, das palestras e dos *workshops* etc. Catarina ria (muito); Ruiva ficava boquiaberta, perplexa; Mora não acreditava; o professor Guimarães morreria, se já não tivesse morrido. O fato era: as outras pessoas simplesmente acreditavam em mim. Era isso, era estranho para um ficcionista.

Em particular, minhas *performances* ao vivo (um escritor-espetáculo) eram superlucrativas. Em suma, isso.

A série principal de palestras denominava-se *Histórias e cabelos em pé*. Ela fez bastante sucesso e criou ondulações na noite do Rio e de São Paulo. As pessoas... pagavam seus ingressos, entravam no teatro e nunca sabiam o que era, o que aconteceria. Depois de um tempo, pareciam mal saber onde estavam. Minha imaginação drogava os caras, um atributo de poder. Tratavam-se de peças aleatórias. E eram um subproduto atrativo da minha colheita de leitores. E, por culpa delas, eu seguia a colher mais e mais.

Eu subia ao palco e ficava lá, de pé, todo iluminado por uma luz amarela (eu gosto, é chique, acalma; eu fico bem; e daí?). As pessoas aplaudiam, não sei por que, eu não tinha falado nada ainda. Esperassem, manos. Logo alguém começava a me questionar sobre o "meu passado". O primeiro questionador era um ator desempregado na plateia, ele dava o chute aristotélico na peça-palestra. Eu começava, então, pés no acelerador sem dó. Sem saber realmente o que dizer (meu passado...?), eu começava a inventar, frenético, uma narrativa completa ao vivo. Engatava uma ideia na outra, de forma ultrarrápida, meio improvisada (havia um esboço por escrito para a noite, claro). A narrativa percorria caminhos e becos sem fim, era cheia de liames complexos. A experiência no tema ajudava: quem eu era, isso era um exercício contínuo basal das minhas reflexões e eu basicamente apenas verbalizava... tudo.

Tratava-se de um repente muito insano, cheio de efeitos de linguagem, algum *wit*, algum veneno, algumas adagas no olho, algumas machadadas raskolnikovianas às testas presentes. Havia muitas subnarrativas e urdiduras seccionais e muitos causos incopiáveis (boa estratégia de guarda de precedência intelectiva: ser novidade). Eu era, a essa altura, um *rapper* de autobiografias, um mágico da originalidade. Um doido falando em línguas, com tradução simultânea. Tinha a pachorra de inventar quase tudo ao vivo, em público, e as pessoas adoravam, elas... entravam na peça. O coro dava seus pitacos, o destino mudava, uma mudança de função relevante desde os gregos. De fato, os espectadores davam sua palha, opinavam aos gritos, participavam da criação de mais um livro-palestra da série *Histórias e cabelos em pé*. E, depois de duas horas, sem pausas, mais uma obra estava feita, em pé. Embora eu, quase não. Culpa minha, culpa sua, culpa nossa. O livro era de responsabilidade de toda a sociedade: uma divisa forte. Ela vetoriava aquelas *performances*.

O livro é nosso, manos, comprem.

Lá estava eu na palestra-*show*, um microfone na mão, uma pose do Roberto, depois do Sinatra, outra do Elvis, um jeito tão Bogart, um avoamento esperto do Calvino. E era mais um *stand up* literário.

Logo terminado, o *show* era transcrito, tratado com uma camada de linguagem mais formal pela editora da Ruiva e, dali a dias, lá estava o livro-palestra pronto para consumo. Na ficha técnica, na ficha catalográfica do livro, iria o dia da palestra, o local e nas (muitas) páginas finais, o nome das testemunhas, dos cúmplices, das pessoas do "coro de criação". Dos convidados, das pessoas da plateia. Eu inovava o teatro. O livro saía em edição baratíssima, as páginas eram meio brutas e amareladas, num estilo quadrinhos de fundo de quintal. E as edições vendiam igual sacolê de morango no Saara ou sorvetes de manga de um centavo no centro de Salvador, fevereiro, meio-dia. As pessoas comparecentes, as cúmplices, compravam para verem seus nomes lá, claro. O público a não ter ido às apresentações comprava para não perder uma tradição saudável (outras drogas causavam muito mais mal à cabeça). No Rio, sem exceções, o Teatro Bolinha Verde lotava nas segundas e terceiras terças do mês. Uma alegria: eu ganhava dinheiro, improvisava enredos, a Ruiva se enchia de dinheiro, Catarina inventava do nada bolsas e vestidos amarelos como ninguém mais, todo mundo ria. O paraíso deve ser assim, um espetáculo até em sentido moral. Por mais amoral a peça.

— Catarina, por favor... pode falar agora. Tudo bem, eu escuto, o espaço é seu... vá lá.
— Cala essa boca!
— Esse é o seu papel, querida...
— Seu filho da %%$$ do c%%%%, vá tomar %%%, medroso de merda!!

Você dá espaço a eles, generosamente, dá uma canja. E, de repente, você tem toda a culpa, isso era certo.

"Medroso" não, querida. Que é isso? Paranoico, a doença é outra, eu não temo diagnósticos. Olhe minha testa, tem uma marca aqui ó... acho que dá pra ver, né? É um furo antigo.

Esse furo me dá razão. Quem tem furo, tem medo; outro dístico à prova de tempo e de balas. Você dá uma chance a Catarina, ela se aproveita, não da chance, mas de você. É uma vocação, um destino, uma especialidade. Uma mulher complicada.

Palestras-livro. Esse era meu tiro para abrir as cabeças no geral. Não errei tanto assim o alvo.

Histórias e cabelos em pé — eu teria uma palestra da série na semana porvindoura. Alguns tópicos de um roteiro — e estaria resolvido de novo. Eu sou um criador automático, não deve ser tão pouco raro. As tais IAs da moda me parecem uma moda menor. Ferramentas estatísticas combinatórias, elas podem acabar só permitindo aos piores parecerem dizer o que parecer ser o melhor, saindo eles bem na *selfie*, rindo com razão, em geral de você aí. Algoritmos certos ajudarão alguns já ricaços a poderem usar todos os termos e todas as referências legitimadoras mais quentes da moda, espalhadas pelo tecido virtual da internet, para, em campanhas cada vez mais personalizadas, poderem dissuadir você aí de que o sistema e sua mecânica poderão provê-lo de tudo, não sendo basicamente possível você aspirar a algo sem preço, a itens fora do círculo das ofertas sob medida das redes sociais e da internet inteira (um *shopping* todo na sua telinha), todos os seus desejos poderão ser providos, desde que dentro de sua faixa de salário, aceite a realidade, isto é, aceite o (salário) seu preço e as bugigangas todas lhe proverão de toda a felicidade palpável. Se não me engano, há algo de Fausto nessa negociação, diabos. No mais, alguns usuários-piratas poderão se ocultar em frases fortes, juntadas da média das frases espalhadas pela rede — e serem originais, afinal, com relação a todos os ladrões e picaretas ancestrais, antigos. A tecnologia era massa.

Ademais, em sistemas de médias estatísticas em geral, as singularidades perdem muito no quesito presença e influência. A raridade sem valor é o fado da geração vindoura, que desse modo tenderá à não raridade, óbvio — tem o lado bom, claro, fica mais fácil catalogar e etiquetar tudo e todos, como boas mercadorias, e os valores médios valem muito para quem tem maiores quantidades de mercadoria para vender no mercado (mercadão). Parabéns. Quantidade é poder, viva o lema capital.

De resto, minha vida seguia normal, quase comum. Era até modesta, embora eu, não. No intervalo dos lançamentos, das intrigas nas redes sociais, das leituras de novatos aos sábados, das festas e das palestras... eu ficava em casa meio em ponto morto. Era difícil ficar ressuscitado o tempo todo, as baterias não aguentavam. Nesses períodos na aparência perdidos, eu ficava um tipo de boneco de cera de mim mesmo. Curtia livros, filmes, filmes, livros, documentários, livros, filmes, apostilas, *papers*, livros, artigos, colunas, filmes, livros, documentários. Vez em quando, curtia também meus peixinhos dourados e prateados da "piscina", do meu lago artificial. Eram elas, as carpas. Lindas.

Eu dava comidinha para elas todos os dias, muitas até pulavam na mão do papai. Eu pescava algumas esportivamente, depois devolvia ao lago. Verdade... nem sempre devolvia, a carpa tinha um sabor terra-mar leve, refinado, gostava delas algumas sextas-feiras e uma amiga de repente ia no meu bolso para ser acariciada até morrer. Aí, a panela e uma carne amiga.

Tinha tambaquis também no lago. Eu desconfiava deles, eles disputavam comigo as carpas. Não era possível? Eram o Melles, um dia eu mataria alguns, isso estava quase inadiável.

Eu, o ócio, as carpas ouro e prata, o Melles, a Catarina, meu cinema particular da casa, minha biblioteca no segundo andar, meu vão para recepções no térreo, meus carros no subsolo. Um novo rico era afinal uma caricatura feliz por apenas poder ficar parada, parada, parem. Eu estava em suspensão, no aproveitar-manequim do meu lugar no quadro geral.

Às vezes, eu parava demais. Costumava ficar catatônico na minha poltrona para massagens, corpo todo estendido, um *pause* num *close-up*. Olhava para o nada e era o nada. Uma interação legal. Um lagarto paralítico, uma iguana empalhada na mesinha, ainda mais parada que as vivas (provavelmente). Uma preguiça com artrite crônica, doía, então, beem devaagaaarziiinho. Uma lagartixa hipnotizada para sempre. Uma lesma por engano no congelador.

— Meu Deus, ele não tá bem, Catarina.

— ... Quem dera.

— Olha lá. Ele... tá vivo?

— É, tá. A esperança não é a última que morre, é ele.

— Não é melhor chamar... alguém, uma ambulância?

As pessoinhas amigas de Catarina ficavam assombradas com minha *performance* vaso. Elas ficavam paradas também, paradas na minha, imobilizadas, no tentame de me verem mexer, respirar, tossir, mover um dedo ou começar a apodrecer ao vivo. E elas todas perdiam na competição. Eu sorria por isso, elas é que não viam.

Eu procurava sempre combinar mimeticamente com os móveis e a poltrona, nesses momentos de privacidade em relação à vida, ao movimento, à normalidade, ao fluxo do mundo comum. Vestia marrom escuro, cabeça aos pés, boca entreaberta, os olhos largados à frente. Se me mudassem de lugar para melhor arranjo da sala, eu nem ia reclamar, tão concentrado eu estava em ir além, ficando aquém. Ser eu mesmo enquanto não corpo.

Meu modo samambaia trazia meu momento-trégua. Um morto que era a vida em todo o seu processo. Um morto precisava desses momentos de *rigor mortis* revigorante para, afinal, renascer, seu além possível. Eu morria basicamente para meditar, é isso. Com licença, pessoas vivas, é o meu momento. Era para refletir em paz, sem as pessoas me incomodarem, eu também não as incomodaria, juro. Eu pensava fundo sobre tudo o que eu poderia estar a fazer naquele exato instante, em várias partes do Rio, de São Paulo (não é, Catarina?), de Curitiba, de Recife, de Belo Horizonte, de Brasília, do mundo. O espaço vazio era preenchido pelo seu inverso — e a ação voava sobre o tempo parado na forma de enredos, a fim de poder contar a história de como ultrapassara a mera passiva vontade de ser, mediante o "ser à vontade". À vontade, tempo e espaço infinitos nos ares da abstração.

— Meu Deus, Catarina, não vai chamar o 192 pra ele?
— Deixe ver... não.
— Ele nem pisca nem respira. Olha lá.
— É um resumo da nossa vida.
— Ele pode estar passando mal.
— Não, ele almoçou lagosta à fiorentina, na marmita, numa segunda-feira. Ele é um bom ator, eu dava o Oscar pra ele. Só o Oscar.
— Mas é algum... transe? Ele ouve a gente?
— É o estado-múmia. Se ele ouve? Ah, ouve. Ele ouve cada uma! Não é, amor? Vou evitar hoje porque tem visitas e eu também sou boa atriz.
— O que ele tem?
— Tem dinheiro e tem um furo na cabeça. Isso não faz bem ao mental da pessoa. Vamos lá pro salão.
— Tchau... eu sou sua fã também... monumento... vivo... ou não. Sei lá.

Às vezes (muito raro, não piscasse e você veria, mano) eu piscava um olho, devagar: olhem como era. A fã tinha razão. Eu era um sujeito preso, amordaçado e algemado dentro de um monumento a ele mesmo. Vamos dizer, eu vencera batalhas ou cometera prodígios — era um figurão importante no reino e os governantes locais não haviam curtido muito; já o povo, sim. Os governantes deram de desaparecer comigo, sem matar. Traria má sorte me matar, esta era uma crendice que eu mesmo mandara espalhar e ela colara, dera certo. Fora uma campanha de *marketing* cara, me custara uns bons cavalos, oito coelhos e duas casinhas. Ser divino ou sagrado sempre saiu caro. Os governantes invejosos e chatos por natureza daí me prenderam, me ocultaram, depois espalharam ao povaréu mané, "os inimigos da cidade inimiga tinham sumido comigo, eu já era". Daí, os podres mandaram construir um monumento de bronze perfeito — e... lá estava eu, preso dentro do monumento de bronze. Homenageado, sim, e sem palavras. Palmas, oferendas, o pessoal da plebe aparecia e chorava e rezava para mim. Eu via tudo pelas frestas da vista da escultura, estátua da qual todos tinham de permanecer afastados num raio de cinco metros, em respeito. Verdade, fora uma campanha levada a bom efeito pelos governadores inimigos — cinco metros era sinal de respeito, tinham sido categóricos. Após a morte, eu viraria até santo — e morri de sede e fome quase sem sentir nada, nem a pele. Só umas lágrimas rolando pelo rosto. No último dia, lembro, deixaram um coelho e um pato assados na frente do monumento e deixaram mais, cerveja, pistache e amoras maduras do campo. Lá de longe uma mocinha falou alto: "Você, que parece tão vivo, ajuda a gente!". E se ajoelhou, contrita, coitada. O que não dobra a fé...! Era a dona do coelho, do pato, da cerveja, do pistache, das amoras. Eu, sem língua, chorei; e fui feliz, embora a fome e a certa frustração. A certeza era a de estar a ir para o lugar mais certo.

Um enredo. Obrigado aí, amiga de Catarina. Você, de cabelo espetado e lentes verde-água. Belos seios. Eu vi, não estou morto.

Continuei no sofá, as visitas ficassem à vontade, e eu, igual. Eu era um monumento na sua, meditava e aproveitava o momento, engolia o momento. Estar vivo era um milagre, sem dúvida. Era para parar e pensar comprido, sobretudo se fosse para aproveitar o *dolce far niente* e para ser uma homenagem a mim mesmo. A história... parar assim, isso trazia as suas vantagens. Na pandemia de Covid-19, essa hibernação até acordado foi muito útil, para mim e Catarina. Não foi perigoso, nem fora nem dentro da nossa mansão nova. Que linda. Doenças controladas e seguimos os dois vivos.

Fases de suspensão e reativação do sistema, era isso. Em geral, eu era acometido de quatro dias por completo congelado, bem ali, naquela sala de estar... e estar e estar. Confronte aquela mesma estante de livros só de livros meus. Naquela bendita poltrona massageadora marrom fatal. Eu ficava um periquito em coma, sem comer nem beber, dormia sentado, às vezes até de olhos abertos, e sempre combinando com toda a mobília, um objeto de cena impecável a pensar, com cenografia na medida para tanto, ser ele próprio e inclusive o mundo. Uma hora, eu tinha certeza, uma hora eu renasceria de novo. Era uma reafirmação do milagre.

Nessa situação *pause*, eu pensava muito também no meu próprio sucesso. O sucesso já rareava um pouco, segundo Ruiva e minhas contas, uma pena. Enfim, as pessoas eram volúveis, muitas outras modas e modinhas, notícias, calamidades, desgraças e até guerras e massacres tomavam mesmo meu magro palco das redes sociais. A moda pode ser eterna por uma temporada, é a regra, eu tentava.

E eu ali, imóvel no tempo, embalsamado para pensar ser um infinito a ter chegado ao seu fim, do seu jeito. Era um papo profundo, papo de monumento.

Depois desse intervalo à vida presente, passada e futura, lá ia eu para o batente. Eu acordava, o *showtime*, pessoal, a hora da roça, o momento força mental bruta, o momento do ringue, em que o vazio apanhava e, sem grande afinidade com palavras, gritava, gemia e lançava de últimos termos os... meus. Todos plantados à sua boca (ou não boca).

Daí vinha o ímpeto todo. Quatro dias congelado e dormindo até sentado e, depois, a violência furiosa da vida matava a morte com o que ela decididamente não podia — movimentos dinâmicos sem fim. Era hora dos meus pojetos.

Em geral, eram quatro dias ou mais sem dormir, agora. Pura verdade. Todos esses dias e noites eu passava vidrado na telinha dos oitenta *notebooks* da casa, todos integrados em rede. Eu começava a escrever em um e terminava em geral no último da fila, no octogésimo. Uma cisma minha, oitenta era meu número de sorte. Um número estranho e demorado, combinação ajustada comigo. Depois, eu juntava os capítulos e... bingo.

Estava escrevendo muito na época. Eram mais de setenta livros completos, imaginem, já. Tão pouco tempo, manos. Eu era prodígio ou praga? Não sei, deixe todo mundo do mundo poder responder essa. Na esfera das eternidades, eu vivia sem fim.

Era a dinâmica da exacerbação em equilíbrio. Nos intervalos, eu era aquela iguana empalhada. Aquela estrela-do-mar envernizada, aquela lagartixa no congelador, aquele bicho-preguiça sofrendo de esquizofrenia catatônica, aquele bicho-da-seda sem pressa, aquele ouriço-do-mar no quadro a quadro, aquele extremófilo em câmera lenta. A foto da assombração.

Então, eu acordava e parecia um delírio, agora, meu e seu.

Acordado, eu entrava no modo de ação plena de morte, quando menos ao que restasse imóvel à minha frente. Gatos morreriam a chutes, se eu criasse alguns e se as bestas ficassem no meu caminho pela casa. Eu estava um choque. Sem gatos, ainda bem, eu só ia quebrar algumas taças de cristal (China) nos quartos, depois alguns copos, mais uns quadros horrorosos, alguns monitores velhos, algumas janelas. Arrebentaria a cara de algumas estátuas também, imitações bregas. Cheguei a quebrar meu mindinho, certa vez. A fúria da natura deixava cacos e uis no seu poderoso arrasto.

Políticos brasileiros, de vários partidos. Imaginei uma solução muito saudável para todos eles. Operações plásticas, o Brasil era campeão na prática. Os mais mentirosos e virulentos deles seriam submetidos, senão apanhariam, a plásticas radicais na cara, dos olhos à ponta da orelha. Nossa vaidade haveria de ter função social maior, finalmente. Esses políticos seriam "redefinidos" e, após renovados, seriam submetidos a aulas de aprendizado de diversos idiomas, senão apanhariam também. Toda uma parafernália tecnológica fonoaudiológica, inclusive, de subsídio a que eles falassem bem e sem nenhum sotaque latino em qualquer idioma fosse, escutaram? Alguns exercícios iriam doer, já aviso.

A seguir, a exportação dos produtos, da nossa matéria-prima. Ah, sim, com valor agregado, tratamento industrial, manufatura. Nada de ficar fornecendo só matéria-prima crua, eis uma mania atrasada entre os povos. Os alvos (dos mísseis) seriam os países centrais, os ricos — os que mandam, os caras, os que roubavam na alta tecnologia; eles, e não nós; as metas eram eles, os feras, a nata, a elite, o cimo, o Olimpo, os tubas. Verdadeiras armas secretas, nossos políticos se candidatariam lá fora, bem patrocinados, na moita, por nossas reservas: gasto militar é imprescindível. E lá, em terras ainda sem tantos anticorpos para os tipos, nossos meninos, orgulho, expandiriam firme nossas modalidades de corrupção mundo afora. Implantados lá, nossos políticos secretos, nossos "talentos", bem infiltrados já em partidos, formariam linhas e redes de tráfico e esquemas de corrupção patrimonialistas, tudo o que já havia naquelas terras, óbvio, só que, agora, os golpes teriam aquele toque de Latinoamérica, aquele jogo de cintura, aquele drible insinuante, aquela vontade de crescer tanto quanto paradigmáticos tubarões ricos do norte. Hm? Cada esquema "inspirado" pelos nossos meninos podia, no caos geral, acabar por virar um partido — sim, e quem sabe se o mais apto destes partidos, aquele a roubar mais (tudo), não houvesse de poder, um dia, surgir nos cenários... com seus membros ao redor numa távola redonda? E quem sabe na sequência não virasse tal partido uma corte eleita por si só? Tanto melhor: mais cedo ou mais tarde (aqui era o talento genuíno em ação), nossos meninos, nossos selecionados, nosso orgulho nacional, nossos pimpolhos secretos fariam ruir as economias dos ricos de verdade, em favor do esquema, isso é poder. Ué, não podia?

Uma estratégia de peso contra a concorrência, um tumor implantando, uma contaminação de alto poder oxidante — o que tínhamos, em tese, de melhor e mais abundante, afora as laranjas, o minério de ferro, o manganês, o café, o ouro, o alumínio, a soja, o gado, as galinhas e os porcos. Tudo às ocultas, bem feito e letal.

Primeiro mundo quase quebrado, entra o Brasil de bom moço na história. O país houvera quase quebrado por causa de germes parecidos e tinha agora imenso *know-how* no tema "ultrapasse de malandros". Espalhar a doença e vender a vacina, era isso. Seríamos um anticorpo internacional, soava até bem, salvaríamos a todos e até a nós, publicitariamente, fazia pleno sentido. Daríamos palestras temáticas, é, sob vários formatos. Criaríamos *softwares* anticorrupção, até com a ajuda dos políticos secretos a terem, na ocasião, fugido de lá para cá (repatriados, presos, coleiras eletrônicas, vermelhas, com alarme: transparência e punição são tudo, sabemos, numa terra civil e saudável). E, no mais, teríamos um ambiente negocial, agora, sim, seguro para inversões internacionais. A propaganda de tamanho continental costuma ter efeitos de extensão proporcional. Salvar o mundo de nós — uma política de sobrevivência, sem dúvida.

Vejo minha capital. És do capeta, capital. É tão legal.

Eu olhava admirado minha casa nova, aquela abominada pela Catarina, lembram? Temos de mudar ao menos de casa, querida, conforme o Salinas, eu disse, tentando convencê-la. Ela xingou de forma não tão usual, concordando, no momento certo, boa noção de ritmo — *timing* era muito.

Catarina agora tinha se acostumado à casa. Depois de acostumar-se comigo, o resto vinha de forma natural (igual a todos os verdes e macaquinhos ao nosso redor). Sua cabeça também terminou aberta, depois de mim. Foi pró-sobrevivência.

Vai, ridícula não é, não. A casa era uma atração no Rio, uma instalação a céu aberto. Uma piada em concreto, cedro, curvas e ferros. Se você tivesse coragem de chegar muito perto, constataria. Não sei bem se riria.

Há um toque estatal, funcional, sob um talhe de sinuosidade majestosa. A singularidade a fugir das linhas retas e a encontrar seu caminho torto mais perfeito ao seu projeto sinuoso. É, a casa era chamada de Alvoradinha, por mim, inclusive. Outros chamavam-na de o Palácio Juliano Moreira — estes eram os invejosos, os *haters*, os antis, gente não convidada às festas.

A casa era uma cópia estilizada do Alvorada, uma beleza de projeto. Tinham sido respeitados todos aqueles vidros grossos de fachada, numa escala menor, óbvio. Meu eleitorado ainda era menor, eu brincava. Ninguém ria. Um espelho d'água imitava o Paranoá e cheguei a cogitar jacarés, capivaras, algumas piranhas (e uns bezerros, vez em quando, para as piranhas afiarem os dentes). Optei pelas dominantes carpas: ouro e prata. No sol inclemente da cidade, elas ficavam estressadas, contudo eu controlava a temperatura da água e salvava vidas, as importantes.

Aventei, noutro feixe de ações, um gerador de corrente no beiral do lago falso, pronto para fritar os manos que, de repente, sei lá, quisessem pular os muros e pescar e comer os meus bichos. Não, meu ouro, não. Elas comeriam vocês, lá no fundo do lago; é a natureza; ela manda: a minha, no presente.

Num anexo, um dos lugares prediletos da propriedade, meu e de Catarina — lá ela podia ficar longe de mim, sozinha; e eu também. Era meu "jardim-estufa". Ali havia muitas plantas exóticas, plantas carnívoras cheirando a ovo podre, algumas samambaias pré-históricas de Costa Rica, coisa fina. Havia orquídeas delicadas, também, e margaridas. Todas as meninas viviam em temperatura controlada e com chuvas (irrigação automática) cronometradas. Cem metros quadrados de puro concreto armado branquinho, de recheio verde. Era eu, outra vez.

O jardim-estufa eram duas cúpulas enormes, sim, uma em cima da outra, num encaixe a ter dado certo trabalho de cálculo e execução. Em cima, o disco voador do Senado Federal; o prato de sopa da Câmara ficava embaixo, em representação feliz. Na construção, haviam sido mantidas todas as proporções e, na junção, uma emenda a concreto armado foi incluída no projeto. E tudo bem ali, no meu quintal. A resultante sugeria um estádio do futuro, certamente um disco voador, um prédio para os Jetsons, um Coliseu com cobertura. Em todo caso, era algo a ser conferido. Era a natura lá dentro. Era a civilização sob uma casca no lugar certo.

Lá dentro da estufa, a reflexão-mor era a do sol nas folhas e o nosso pensamento terminava verde, úmido, fresco, clorofilado. Catarina ficava calminha lá dentro; junto às flores carnívoras, ela nem xingava mais. Eu era natureza integrada de novo, tudo fluía em crescimento e expansão e pedúnculos. As bromélias parasitavam cheias da sua elegância, as moscas pretas e azuis, as borboletas e os beija-flores apareciam quando queriam, passando pela tubulação. As araras também. A selva, sim, mas era minha. E a sua, mano?

Se vivêssemos numa paródia, viveríamos numa anedota e a piada teria graça. A vida também, pensem. É parte do meu legado ao futuro, se ele conseguir sobreviver — igual a mim.

Uma vez, dois bandidinhos tentaram invadir a propriedade. Péssima ideia, manos; aqui é autoridade; vem não. Meus oito seguranças, todos feios (igual o papai), fortes e bem-treinados, logo enlaçaram os apóstatas, os hereges, os precitos, os condenados. Os dois trombadinhas tinham sido localizados direto da CSG (central de segurança geral, câmera e sensores integrados por todo o exterior do Alvoradinha) e acabaram apanhados e conduzidos, cabeça baixa, à minha cesariana presença. De súbito, viram o inferno de cara: duas Thompson olhando feio para eles; eram dois olhões pretos, de fim de linha. Os dois sucumbiram.

— Não, tio, faz isso não! Deixa nós ir.

Estendi meu dedo médio firme. Direcionei para baixo, perderam.

— Não, manos. Antes vocês vão fazer uma excursão lá na catacumba. Na Disney do Capeta.

— Não, mano. Faz isso, não, porra. Nós não levou nada, tio!

Procedemos a uma excursão pelo subsolo da casa, junto com os dois manos ladrões de galinha. Foi um passeio todo roteirizado já, inclusive havia narração gravada (minha voz, claro; um pouco distorcida). Eles conheceram de perto, sim, todos os terríveis detalhes mais pérfidos do nosso subsolo oculto, nossa Área 666, o Subsolo do Grito. O Parque dos Mortos. Eles iam ver!

Lá embaixo, no Setor Inquisição da casa, primeiro alguns hologramas traziam cenas... de doer, cenas de tortura. De fato, um drama mostrar aquilo, mas era a lei a enganar ali, entendem? Ela enganaria as pessoas certas e seria dura na demonstração de sua dureza.

Pedaços de pernas e braços caíam de repente, choviam, e, para quem não estava acostumado com aquele programa de produção de imagens por IA, era realmente difícil descrer daquelas pernas e daqueles braços. Coitados dos bestas, o videojogo era meu, não seu, perderam, manos.

Tudo era tão realista, tão bem emoldurado pelo escuro do ambiente, em tom masmorra enveiada de riscos de sangue, com pichações nas paredes de últimos momentos de trombadinhas iguais (nenhum palavrão estava completo: a eficiência da educação e dos bons modos estava de todo modo ali). Era a nossa Jason Disney, era o Sade World, era o nosso videojogo super 3-D do Chuck. Você entrava naquele lugar e, na Seção Caras, Narizes & Bocas, diante de você surgia uma série de quebra-cabeças, todos criados por esquartejadores... só para você. Entretenha-se enquanto não é jogado, este o espírito. Qual pedaço seria o correto para aquele tronco cortado ao meio ali na frente, mano, ham? Era a Nárnia do Mengele, o sítio do pica-pau amarelo do Leopoldo II, O Braços Fora.

Seguimos adiante naquele dia. A próxima atração foram os aparelhos de tortura medievais, originalíssimos de fábrica (dois eram, na verdade).

A aula começava na Ala Espetaria. Estávamos, então, diante dela, da cadeira do espetinho. Cheia de cravos pontudos, até no encosto da nuca, os precitos sentavam nela e a fé atravessava-os por inteiro, de todo lado. Eles, furados, confessavam não saber nada, nada, era tarde para confessar. Teriam de ter se lembrados disso antes... do pecado final, antes de se arrogarem perante Sua Divindade. Lembro que Deus, ali, era eu, *ok*, manos? Só para direcionar as rezas. Uma propriedade privada e cada um tinha o livre-arbítrio de ser o Senhor dentro dela — desse jeito funcionavam as ondas tremulantes reais dos mares da vida. O Éden foi o primeiro feudo, um latifúndio que era um paraíso. Não tinha muita gente dentro, é de se equacionarem fundo os paraísos. Em todo caso, agora: se todos a vossa cara, Senhor, eis aqui outro um pouco mais parecido.

Do lado oposto, manos, a cama alargadora de ossos, de tendões, de tripas, de veias, vênulas, de intestinos, de finas cartilagens. Vai ver nem a língua escapasse. A cama do defunto esticado tinha bom efeito de aterroramento radical — na época, os pecadores olhavam para ela e confessavam isso com um grito. Todavia nem eram tão práticas. Até anões, depois do tratamento, tinham de ser enterrados em covas extracompridas, covas GG. Todos terminavam grandes, não soava boa publicidade à instituição.

Continuamos a Excursão do Grito, a Peregrinação do Sacrifício, entre efeitos sonoros de portas se fechando e gemidos ao longe (estes quase nem mais dava para escutar).

À esquerda de uma estreita passagem, agora dois arrancadores de seios, uma tenaz de nariz, evidentemente esta era de ferro e era usada quando o metal estava vermelho, vermelho: no ponto. Mais adiante, num outro ambiente da Masmorra da Morte Lenta, um garrote. Cuidado, agora, ficassem pianinhos, trombadinhas: era mais piedoso sufocar até a morte, comportem-se calados, nem choro eu quero ouvir agora. Um pouco adiante de nós, no itinerário do Calvário do Mal, uma Cadeira de Judas traía intenções — ali era onde o sexo anal era punido com uma cena de sexo anal... inapta a... entrar... até mesmo em qualquer dos filmes pornográficos mais *hardcores* de hoje. Talvez uma IA chamada Xade pudesse proporcionar o testemunho da película.

Mais adiante, os dois meninos já bem calados — apresentamos filmagens da cena final de criminosos desavisados. Vale dizer, dos idiotas que teriam entrado no Alvoradinha sem ingresso ou convite. Nos filmes, viam-se execuções simples, mais práticas, mais piedosas. Os medievais tinham muito tempo livre para aplicar suas torturas; na atualidade, urgia um cronograma de execuções: tortura formal de apenas dois dias, sem comer e beber, em seguimento e respeito às tradições; depois, uma morte mais simples, bala na cabeça e na cara, pronto. Ocorria o seguinte, era evidente a premissa, nesses casos: os malandros "penetras da noite" não saberiam nada de nada, afinal os trouxas haveriam de ter entrado escondidos no Alvoradinha! Era o sumo da ignorância confessada de antemão. Ingenuidade. Daí a tortura *pro forma* e a morte simples. Os invasores haveriam de se ter confessado suicidas sem querer. Daria vontade de matar logo. Assim era.

As nossas "vítimas" eram, evidente, *fake*. Interessante. Quando se tratava de gerarem-se cópias, ah, nada havia igual às IAs geracionais. Nosso Programa 666 de geração de imagens leu o rosto das vítimas, quer dizer, dos dois pivetes, depois gerou imagens de gente apanhando (muito, um horror), ficando sem comer e beber e levando tiros na cara, gente virtual cujos rostos eram semelhantes às caras dos nossos dois heróis. Terror sob medida, manos, é a modernidade. Alguns dos mortos aos pedaços, lá atrás na visita (simulação de cheiro também havia), também levaram em holograma as caras dos dois trombadinhas: tinham rostos modificados a partir de padrões fixados. A estratégia rendia bom efeito e bons gritos. Era pura pedagogia ali; o Estado se eximia da função, nós ensinávamos, então, a parte que não nos doía.

Em certo ponto, demos a ordem aos dois: vão aí, ladrõezinhos vagabundos de merda, vazando agora, partiu! Entrem no túnel ali, ó... vocês vão ter a chance de correr. É o momento caça do itinerário, muito divertido. Cuidado, vão ser oito M16 e AR-15 aqui atrás de vocês, ó, tão vendo?

— Ô, tio. Faz isso não, tio!

O tio tava bravo. É bom vocês correrem bem abaixados, manos. Rastejando? Pode dar certo, mais fácil do que correr mais do que as balas. Sempre tem uma chance. Pensem mais alto, vai: ratos, que tal? Sumam igual uns ratos. Vão lá, corram! Partiu!

Eles, baixados, entraram, então, pelo Túnel do Horror Maior. Vez ou outra, surgiam, à frente dos dois pivetes, hologramas de sujeitos a dispararem de fuzis e rifles. Apareciam algumas pessoas mortas também, pelo caminho, para um enfeite mais sugestivo do terreno — os corpos eram simulados com sacos de areia e bonecos articulados. Tudo escuro, as balas (tiros de festim, é evidente) vindo de trás e os relâmpagos do horror causavam seu bom efeito.

Os dois saíram praticamente voando do Túnel Fantasma da Malandragem pela saída única, íngreme, cheia de poças pegajosas e corpos de areia pelo chão. Nunca mais foram avistados, pelo menos pelas minhas câmeras. Estavam mortos para nós, nós para eles. *Ok*. Boa vida.

Eram bons meninos, agora. Pelo menos longe da minha propriedade eu os veria assim. Um dos marotos, na pressa, ainda foi cair dentro da minha lagoa carpada. Não sabia nem nadar. O comparsa voltou e eles continuaram a fuga, o portão estava aberto e lá foram eles, estrada afora.

Entenderam tudo: inteligentes. Você ser entendido é boa parte da tranquilidade.

Um hospício armado. Lugar desse não se invade, manos.

Naquele dia eu estava com meu terno amarelo, homenagem a *Sgt. Pepper's*. Foi um pavor surreal em amarelo.

Lembro-me de, no dia seguinte à invasão, ter treinado uns tiros. Era uma cidade muito perigosa, um mundo aterrador. Eu também. Vamos espairecer, então, rapaziada?, sugeri ao meu corpo de segurança.

Lá estava eu, então, uma Desert Eagle .50 na mão direita. Eu acertava as cabeças de bonecas infláveis. Verdade, eu comprava dezenas e dezenas dessas bonecas e ainda mais de manequins articulados. Botava camisas velhas neles e inseria molho de tomate em suas vazias cabeças. Tiros e mais tiros, e tudo parecia um massacre, depois de meia hora, era tão legal. Eu estava entediado e louco. Minha mira melhorava.

MUDANDO O FIM eu podia, não apenas contar a história para todo mundo, como ganhar uma grana com ela. Ousei, refleti, capisquei, entendi. Pois é, e veio o livro *O palácio dos esquecidos*. Este vendeu alguma coisa também. Pois é, as vendas decaíam, igual a mim — sorte termos agora um bom passado e certas aplicações, não é, Ruiva?

Os dois bandidos, na minha versão impressa, invadem uma certa casa exótica e morrem no final, junto com o dono da casa exótica. A casa explode triunfante no fim, tinha tudo para o texto dar certo.

O dono da casa, chamado Mauri Epogler, era um torturador covarde aposentado e bem doido. Ele atraía bandidinhos com iscas ao lugar. A graça era fazer, depois, evaporarem todas as pistas das vítimas, era esconder tudo. Uma tara de Epogler, tem pessoas desse tipo. Naquela invasão dos dois bandidinhos, um evaporar bem mais radical e imprevisto, daí, eis que se dá.

Todas as pistas evaporaram-se no final, sim, todas e mais algumas. De repente. No desfecho, não sobrara nenhum indício dos (tantos) homicídios cometidos pelo dono da casa, não sobrara o dono da casa, Epogler, não sobraram os dois bandidos. Não sobrara casa, não sobrara nem vizinhança viva num raio de... quilômetros. Pistas zero.

Ocorreu o seguinte, os dois bandidos, feridos dos pés à cabeça por Epogler, atirando neles numa caçada pela casa, conseguem ainda chance de fuga. No caos dos tiroteios e atos desesperados, os dois acabam por atear fogo à sala de armas de Epogler. E... havia TNT nelas, muito explosivo. No mais, embaixo da tal sala constava um arsenal inteiro, munição e mais dinamite.

Bum, tudo sobe aos ares, ruas inteiras também somem. Sem culpas, sem histórias, tudo termina em um fim maior. Epogler fora um inocente estranho de tantas mortes, os dois malandros nunca haveriam de ter existido, praticamente, a vizinhança não haveria de testemunhar nada contra Epogler. Morrera limpo, inocente.

E a literatura tinha vencido, no final, anote-se: ao ter subido ao gênero tragédia.

Contratei mais um segurança, era o nono. Aí, mano, é manter o negócio aqui seguro, quer dizer, eu. Seria suficiente? Devia ser da idade também: 46 ou 47 anos, por aí. Se não se enganavam as pesquisas de datação em meus ossos, por especialistas. Especialistas muito caros. Cobravam um perônio e um estribo, mais alguns dentes. E não havia segurança nem nisto, os meus ossos.

Malditos. Fiz questão da cobertura de dois planos de segurança domiciliar. Dois, de duas empresas distintas, líderes de mercado. Meu carro foi reblindado, um reforço maior e acabou ainda mais pesado. Um tanque, difícil guiar. Atropelar (outros) malandros podia ser sua serventia, no final dos cálculos (caros).

Mais e mais rifles de longo alcance, submetralhadoras Uzi, pistolas Glock e p99 da W&S. Mais uns *tasers* (eu era meio Tesla, ligado nesse negócio de eletricidade; as pessoas ficavam chocadas, mas eu era). Havia os M-16, um mimo, havia os fuzis de assalto russos, as pistolas belgas. Alguns tinham poder de fogo de varar até tanque, propagandearam. Será?

Agora eu mataria, a história era minha.

Saía às ruas cada vez mais acompanhado dos seguranças. Catarina *idem*. Ela xingava os rapazes também, isso me constrangia um pouco. Eles eram uns filhos da puta de uns profissionais fodidos de tão bons — eu revisava e limpava a minha barra com eles. Os seguranças me acompanhavam às convenções, às minhas palestras, aos passeios na Barra, onde eu via a praia pelo vidro do carro e lamentava gostar do mar de tão longe. Era vasto demais, aquilo podia me engolir. Eles me acompanhariam também ao Subsolo das Almas de Luz, claro, conforme houvesse clientela para as excursões.

Os manos brucutus iam comigo às compras também. Os ternos novos, era isso. Eu tinha uns setenta ternos, para mais. Isso porque eu já tinha jogado uns vinte e tantos fora, no lixo. Ia entregar para quem? Casas beneficentes? Substituí os jogados fora por indumentária fina, cortes alinhadíssimos. Dava sempre preferência à lã fria. Vicunha não caía mal.

Eu era um novo rico de talhe breguexcêntrico. Fazia coisas absurdas e sem sentido, dizia coisas *idem*, era meio fresco, meio malcriado, era o colonizador vendo como tudo dera certo. Contudo, dava trabalho para reformatar as mentes e os corações pobres.

Eu trafegava de um lado a outro, dava palestras inacreditáveis e minha razão parecia haver sobrado tão somente segundo um filtro, num estreito ponto, numa bitola da diversidade de potenciais mentais. Quando eu criava, toda a razão do mundo se perdia para mim. Perdedora, ela entrava em acordo e me acompanhava solícita, e, creio, admirada. Quase pedia autógrafo. Eu negaria o autógrafo.

Naquele dia, da relevante compra de mais ternos, eu tinha minha Desert Eagle comigo. Uma Desert era capaz de estourar até você aí, do outro lado, não pense estar tão seguro. Mesmo assim, eu via em toda parte o que me parecia inquestionável — alguém ia de olho em mim. Os caras me vigiavam, carros seguiam-me, cheios de dedos, prudentes, covardes. Todo mundo à espera da hora certa.

O leão não tem paz na terra das hienas; elas riam, ainda por cima; restava chorar e levar a hiena mais fraca pelo pescoço para um canto bem longe do bando; ela, rindo, você, choramingando; agora faria algum sentido, adversativo fosse.

Eu olhava a porcaria do meu relógio caro. Dos meus relógios, eu levava sempre quatro ou cinco nos pulsos e até nos braços. A exatidão cronometrada era outra obsessão da minha nova vida, do meu papel.

Que hora era? Um tocava feito um carrilhão. O tempo era música para meus ouvidos, aquilo me entretinha, os brinquedos do mundo. Mas eu não era criança, porra. Constatava isso e chorava, se bem que por dentro, feito alguém maduro.

Aquele episódio da moto se esborrachando no carro de lixo teria sido uma tentativa de assalto simples? Não, né? Pera lá, mano. Um assalto de passagem de um mané distraído pela rua? Uma lição de passagem da cidade? Um erro de avaliação? De rota? Um erro de alvo?

Quem seria? A polícia, os políticos, os traficantes? Os maçons, o governo, os serviços de segurança concorrentes? Um apontaria o dedo para o outro, quereriam desorientar. Não podia contar com os malucos. Eu desconfiava a sério de quem era. Meus fantasmas continuavam reais. Descobrir isso pode ser quase mortal, feito uma bala a passar por você, a zunir, ir, ir.

Eu ainda olhava meu relógio *number* 05, o mais confiável e mais legal deles, e, na ocasião, saía de uma loja lá perto da Delfim Moreira (acho). Era um local bacana, ternos sob medida de primeira, encomendados. Gostava, panos finos. Eu via ao fundo o mar grande (já dei a dica: de perto, jamais; eu era Caymmi nesse quesito: nem molhar as pernas na água salgada tinha graça). Eu olhava as moças na calçada também, confesso isso. Não me torturem por causa. Não me venham com puritanismo *à la* América decadente, para desvio de atenção e encoleiramento mais rente das boiadas de um mundo lá fora a se perder em centrifugações. A minha amoralidade não tem vergonhas, ela está aí, todos a veem, todos correm dela. De mim. A honestidade premia os honestos.

As moças passavam de *shorts*, de bermudas, de minissaias, de cangas e de biquínis coloridos, era dia de festa. O sol queria dizer isso, hoje é festa, saiam e vejam todos. Que beleza geral, está claro o bastante para ver? Está. As calçadas, os restaurantes e os botecos estavam superpovoados. Verão, outono, inverno, primavera, qualquer estação é quente, estava na cara. Feito o sol insano e ardido e feliz.

Eu aproveitava o dia bonito, estava todo em roupas italianas, tecido fresco. Óculos espelhados tinham voltado à moda; eu é que queria uma canja dessa no mundo editorial. Eu seguia chique e orgulhoso, terno firme, um passado passava, me dão licença?

E... dei de reparar naquele carro azul. Era um azul metálico, ele refulgia. O veículo chegava de mansinho mais e mais perto de nós, uma péssima ideia. O carro diminuiu a marcha, eu saía da loja, mais três ternos nas sacolas. Catarina me desprezava do lado direito. O automóvel estava atocaiado, camuflado sob o sol, à espera da hora em que eu ficaria no x do alvo. Percebi, o louco vê tudo demais e até as coisas certas estão na faixa infra e sobre — é distinguir usando toda a lucidez restante. O carro azul era supermal-intencionado. Lá vieram, balaços, de verdade. E doeu.

Minha loucura estava certa. Estávamos no Brasil, isso pode ser significativo. Alguma coisa tinha de ser, cá.

Balas, *ok*. Eu só saía de coletes de kevlar duplo e titânio. São bestas, é? Eu não sou. Os balaços entraram devagar e me socaram firme o estômago. Um passou rente aos meus bagos, acho. Que sorte, bolinhas.

Fui a um hospital depois do atentado, apenas para arranjar um médico firmeza de plantão. Os machucados vermelhos ardiam. Essa doeu, doutor, porra. Eu podia estar morto agora, de novo, só embaixo ou por inteiro. Você podia ser um legista, doutor.

— Pois é...

Nós dois estaríamos rebaixados. Eu tanto, que ia comer só terra. Fora os vermes.

Eu me calei, nosso papo morreu ali. O doutor me olhou assustadíssimo — eu estava meio delirante. Era a emoção. Ser quase morto me enervava, eu chegava perto do surto. Afinal, eu me lembrava desse capítulo, do início ao fim. Eu quase ouvia os projéteis de chumbo pingarem numa cuba limpa.

Eram eles! Eles!

Eles quem?

Ainda não lembro.

Um dos meus seguranças tinha sido atingido no tiroteio. Foi justo o nono, o último a chegar. Chamava-se Ornato, isso mesmo, uma calamidade de cartório. Ficou meio... paraplégico, um fim realmente triste. Um trabalho de risco e eu ainda seria processado, junto com a empresa de segurança gestora, disseram: más condições de trabalho. Vou processar o país, então.

Eu e o INSS tratamos do nono Ornato e ele passou a ter uma vida fracassada cheia de comodidades, muitas delas supérfluas. Vencera, no final, segundo o mercado.

No geral, nos saímos bem, na tevê, quando passou a reportagem sobre o causo do tiroteio sem motivo algum, segundo as aparências. Eu estava ótimo na tela, uma foto antiga, terno em pequeno burguês cinza. Eu parecia gélido e cheio de furor, tal qual um vulcão na Antártida. Um ser equidistante, equilibrado, brilhante (feito neve). Importante, vítima e reluzente. Cheio de razão... e não?

O carro dos atiradores conseguira fugir. É verdade, não sem deixar bons sinais de arrependimento para trás, vencemos. Éramos dez homens armados até os dentes e daí atiramos e explodimos geral o vidro lateral direito do carro, num tiroteio fotogênico. O automóvel manobrou para evaporar-se da cena logo — e sua saída de cena acabou bloqueada por um carro em sentido contrário. Acontecia, manos, a sorte, o azar.

Choveram miolos pelo vidro lateral oposto àquele no qual enfiamos umas centenas de balas, uma chuva de chumbo horizontal. Nunca tinha visto uma coisa assim, um jato de massa cinzenta de um carro em fuga, miolos cuspidos pela cena direto ao chão da rua. Cuspi no chão eu, meu estômago não estava bom. Estar levemente baleado não ajudava. Agradeci à vida pela nova aquisição em arquivo de imagem, podia ter sido bem pior.

Obviamente, eu acabei por me trancar ainda mais no Alvoradinha. Tentei nesse cenário uma medida à altura do... medo. Quis importar canhões de 50 mm, três, para defesa pessoal. A vida não andava fácil e você tinha de inoperar grande número de pessoas de uma só vez, se quisesse ter a esperança de um sossego em volta. Em volta, num raio de um quilômetro, no mínimo. A PF, a Receita, a alfândega estavam bem de olho em mim (também) e o negócio dos canhões... gorou. Nem o tráfico deu jeito para mim, era "alarme", me disseram. Inveja dos meus 50, vocês não tinham.

Ainda por cima, vieram os processos — dois trabalhistas e dois processos do ministério público. Eu era uma pessoa perigosa e tinha de pagar, quiçá toda a modesta fortuna, de sorte que, pobre de novo, eu seria uma pessoa perigosa sem seiscentas armas. Só algumas, lá no morro. Aí eu voltaria a caber dentro do previsto.

Quem haveriam de ser os fantasmas do passado? Eles atiravam em você, inclusive miolos. Meu passado atirava de lá e passou perto.

As ligações mudas para casa agora eram frequentes. Ergui um aparato para rastrear ligações e ataques cibernéticos, essas bestas iam ver. Ataques à minha rede eram ainda mais frequentes. Quem eram esses babacas? Os idiotas tentavam ler até o que eu escrevia, tentavam desembalar da criptografia minhas mensagens. Eu mataria um logo, senti. Era uma emoção estranha, uma coceira no indicador da mão direita. Uma motivação também, decerto, ser meu próprio personagem, entendem? Entrar na vida real composta por mim, em função de este protagonista ter razões reais para sobreviver. Eu entrava no meu próprio livro, no mundo inventado e aventado por mim, e, uma vez lá dentro, haveria de estar submetido às suas leis. Exceto se eu fosse um fora da lei, mesmo preso ao enredo que não mais o suportaria, tal qual o Hamlet. Eu havia criado um passado real? Vai que, trocando nomes, um *roman à clef* erigido direto dos imaginários?

Uma parada diferente.

CARROS ESTRANHOS RONDAVAM pelas imediações do Alvoradinha, o mundo surtara igual a mim. Catarina teve de ser mandada a Nova York. Ela viajou toda contrariada para lá: manha. Parecia uma bagagem — teve de ser posta na aeronave, senão nem ia sozinha. Uma semana depois, de lá ela pediu divórcio, na cara dura. Para me deixar bem convicto da decisão, Catarina se filmou na cama com o novo amante mais novo dela. Que produção.

O quarto estava bem-decorado, amor, desse seu talento para as cores nunca deu para desconfiar. Decoração, sua meta. O vídeo foi bem profissional. O sexo, tudo bem — de acordo. Gostei da lareira falsa, um toque seu de requinte brega, mas quentinho. Era a sua cara, Catarina.

Era uma *live* privativa, só para mim — obrigado, amor, você não para de pensar em mim nem dando em Nova York. É pra eu me orgulhar dessa atenção toda? O título do filme de Catarina era *Ao corno, com amor*. Uma referência ao filme do Sidney Poitier, ela sabia todos os meus gostos, conexão é outra coisa, gente, nesse mundo desligado. Algo nos colava um ao outro, decerto era mais do que o costume. Valeu, Cat. Bom gosto na iluminação, querida. Ó, a maior força pra você, linda. Somos uma equipe ainda, hein? Não esqueça.

Ela ria no filme, ria, ria. Alegre mesmo, uma farsa feliz. A cara de loura falsa dela e seus dentes capeados a peso de ouro, seus olhos lindos e seus seios de cinema. Lá estava ela, dando no ar para um desconhecido (meu) feito uma profissional do ramo. Quanto a isso, não havia dúvidas. Que talento.

Conteúdo exclusivo (e bota exclusivo). As balas do meu corpo, todas (as que entraram e não), elas começaram a doer ao mesmo tempo.

Catarina estava bêbada. Amor, olha os excessos, você já não é tão nova.

O corneador era um porto-riquenho, soube depois. Era uma caricatura em vídeo e áudio. E funcionava, a gente entendia tudo no ato e ria muito.

I'm férste her and shi is vére róte, mi amigo! Vére caliente. You is tê cóckholde riri, sôu go home, mano!

É nóis. Meu Deus. Texto da Catarina. Eu reconheço o estilo. Se dando bem aí, hein? Diretora de filmes de ação horizontal, mais um nicho que pode ser a sua cara, amor. Vai fundo. Quer dizer... vão fundo. O Áime sem dúvida vai fazer a parte dele.

Áime, Áime Vargas, este era o nome do figura (juro!). Do mano troglodita, do neandertal de academia, do mano esquentadinho, do ricardão do norte. Áime era um musculoso bem pobre, de família porto-riquenha. Não tinha um vintém, porém tinha muita vontade. Dava para notar. Eu e os esfoladores dos meus advogados tentaríamos satisfazer o sonho da Catarina logo. Catarina, a gente torce por você, querida. Tenha uma vida mais sóbria, de academia, tenha filhotes (mas, logo, hein?)

De minha parte, um mundo sem vergonha tinha aqui um rival. Meio livre e meio ressentido, arranjei duas amantes logo, escancarei, naquele período. Eram duas jovens — eu gostava, e daí? A esperança era sempre nova. Numa semana, eu visitava o quarto de uma; noutra semana, ia no quarto da outra. Estava decidindo ainda quem ia ser a amante oficial e a paralela. Observava o comportamento das duas e via quem fingia melhor em público — quem fingisse melhor, levava. A regra das esferas altas.

Catarina, eu vou matar um! Provavelmente, você.

Minha vida fragmentava-se e eu... junto. Não obstante, eu tinha é de continuar em frente, na luta, forte. Comecei, nessa altura, a beber um pouco além da (já alta) conta. Mirtes e Heleninha, as minas, elas bebiam junto. Na zona, era comum acompanhar o cliente, diziam as duas. Às vezes, conversávamos ao mesmo tempo, na cama, nós três: era trilegal, como diziam no sul. Ah, duas bundas. Uma já é bom.

Saber acompanhar e botar muito charme nisto — as duas tinham virado virtuoses na atividade, tinham aprendido muito; haviam virado acompanhantes de luxo justo numa evolução funcional de cargo perfeitamente congruente.

Eu acordava, bebia café e estava de repente sóbrio. Ainda havia grandes esperanças. As esperanças aumentavam ainda mais quando eu as descrevia em narrativas, contava as esperanças e denunciava a maior delas: voltar a ser lido, ser uma moda de novo — eu era um produto desamparado no mercado, tão volátil. Compra eu, mano.

Eu estava bravo. Escrevia varando as madrugadas, robe, às vezes estava todo arrumado, um terno caríssimo, seda ou lã fria. O ar-condicionado desolava o ambiente a 15 °C ou 10 °C. Eu me sentia a um passo da pneumonia, a um pulo da tuberculose e motivado a durar.

Outras vezes, eu estava apenas de cuecas. Mas era Hugo Gross. Algumas, um fato, eram de crochê. Noutras ocasiões, ainda vestia camisas polo e teclava de pé, numa homenagem ao Roth, ao Pessoa e ao Hemingway. E às minhas costas — elas haviam trabalhado anos sem reclamar; não aceitavam mais; gritavam seus direitos; eu ouvia bem de perto; eu quase gritava junto, também, às vezes; sentia muito.

Vez em quando, eu escrevia em bloquetos, à luz do iPad. Ao escrever, a esperança estava nalguma parte, perdida no meio das linhas a se subsequenciarem por milagre bem à minha frente. Ela estava lá, tinha esperanças de encontrá-la.

Os leitores sentiriam a pressão vulcânica e emotiva dessa tragédia, a do meu pior esquecimento agora, e parariam para ler a tragédia, então, bem-descrita e gemida. Lamentada em bus chorosos nas entrelinhas, nas notas de rodapé fantasmas, nos interstícios das metáforas e dos símbolos.

Os canhões, tudo bem, não deu. Só que *RPGs* bem-rombudos não me escaparam, depois de uma negociação meio à sorrelfa com pessoas da PF. Gente compreensiva (conheciam o perigo da modernidade; era pensar no futuro, atirando antes à frente). Nossas paranoias interagiram legal, elas se deram bem, ficaram cônsonas, concordes, fizeram "paz". E, numa concessão, aproveitei a brecha e a propina e arrebanhei uma bazuca e um lança-chamas junto. Muito legal. Tudo bem, assar alguém vivo seria uma decisão importante, difícil. Depois, eu teria de arregimentar, conjurar, apelar a, emendar justificativas de calado literário. E o fato era, no calor da necessidade, tudo se cria. Aprendi do ofício.

Havia lança-chamas de fogo alto na minha bibliografia, a propósito. O livro foi *Fogo sobre fogo*. É um livro que detona tudo, depois queima. Faz sentido.

Breno Volt, militar reformado e sempre igual (um pouco vigarista e mano cruel, um moralista um pouco rancoroso devido à velha sanha da inutilidade relativa, certamente, e um pouco mulherengo) — ele está prestes a morrer de câncer. Pobre homem, não acham? Volt meio vive só, já nos cuidados paliativos. Daí, ele resolve fazer da morte um evento útil ao mundo. Os moralistas são enfáticos.

Breno começa a contratar nos hospitais outros (manés doentes) condenados à morte ou a serem anciãos doentes e inicia um plano: um pelotão suicida, uns caras dureza, todos armados até nos bagos (granadas penduradas), dariam a sua última bronca, o seu último piti, passariam o último pito-monstro na galera, na rapaziada, nos fedelhos... e agora todo mundo ouviria, decerto.

Juntos, os chamados Mortos-Vivos da Pátria haveriam de, superbem armados, matar o maior número de malfeitores possível nesse país.

Onde encontrar o maior número por metro quadrado? Sabiam. E partem todos eles, um pojeto pleno em mente. Vão destemidos e organizados, eram quarenta ônibus lotados de homens quase mortos e armas bem vivas. Todos, uniformizados de preto e cinza, xingavam (muito) a uma só voz, para manterem o furor e os chavões intactos. Vão gafanhotos rumo à retaliação — Brasília era o destino... final.

Duzentos e quinze lança-chamas nos ônibus: seria um estrago daqueles. Granadas, lança-mísseis, metralhas, fuzis. Lá vão, destino: Praça dos Três Poderes. Vão dispostos a queimar e abater tudo o que estivesse no caminho e em volta até — adeus, funcionários, guardinhas, vendedores de água, cozinheiras, ministros, cadeiras de roda, tapetes, esculturas, perucas, quadros, cavalos, dinheiro, capacetes, gravatas, guarda-chuvas, velhinhas, turistas, celulares, capas de juízes do Supremo, as pessoas dentro, advogados, peixes, suplentes, deputados, jornalistas, câmeras, pobres, ricos, espectadores, trouxas.

Tudo isso conspiraria em favor do princípio maior: recolocar o país nos eixos, nos velhos trilhos, seguindo a velha tradição das boas, a que nos guiava pelo caminho seguro desde o velho pós-guerra, ou seja, copiar os EUA, aquele paradigma. No próprio presente caso, a cópia era didática: os Mortos-Vivos da Pátria copiariam os gringos no episódio da invasão da sede de governo pelos trumpistas, em janeiro de 2021, só que "copiariam além", num lance de evolução flagrante — os EUA seriam até superados, algo a se considerar.

A nossa revolução para trás daria certo. Mais, ninguém do inimigo sobraria em pé em Brasília, restariam retalhos de gente na cidade. E, do outro lado, sobrariam vivos (estava combinado) alguns amigos de ideologia, uns aliados gente boa, no caso, gente convertida, gente afim, gente da política calibrada segundo a tradição das boas. Sobrariam vivas, depois dos massacres, pessoas aptas à política-pirata salvadora, gente pronta a reconstruir Brasília, toda quebrada, e em extensão... o de resto. Gente sabedora do incontornável de manter-se a diretiva de cópia dos EUA a todo custo, sem alterações, sem recursos e recuos, em modo destemido, sem medos, sem indecisões, sem reflexões e inflexões suplementares. Sem desvios de rota.

Esta era a direção certa. Aprendessem desta última bronquinha, deste piti épico, deste surto civil, deste vômito de real realidade. Deste latido humanista, deste coque a granadas.

Mas... e se os EUA decaíssem? Nós seguiríamos o combo...? Sim, importava o princípio, nem que fosse ele o fim. Importante era manter as coisas em seus devidos lugares. Mormente os nossos lugares.

Não obstante, de súbito veio aquela fatalidade. Guiando o ônibus dianteiro, o veículo-cidadão líder do Comboio da Salvação, estava Péricles Sodré. Sodré era irretocável à função, sem dúvida, não era um motorista, era um verdadeiro piloto da pátria — só que era um doente terminal, também, e nem parecia, tal a energia dispendida por ele durante todo o período de preparação da "invasão cidadã contra os bárbaros da capital". Nem parecer fora sua melhor farsa.

Péricles estava um pouco debilitado demais, as pernas dormentes, logo abaixo do furor de morte, e não desistir mesmo assim seria digno de palmas e salvas de tiro — se não fosse aquele detalhe, o seu pé no acelerador do ônibus até o final. Era uma estrada de curvas muito acentuadas em Goiás, um lugar de precipícios a não ligarem para princípios inflexíveis. A natureza, tão primitiva.

Nove curvas tinham sido superadas por milagre, Sodré ainda quase morto, os olhos fechando-se. Na décima curva, aí não deu. Lá se foi Péricles Sodré, morreu de pé duro no acelerador e lá se foi o Comboio da Salvação antibárbaros. O comboio verteu-se uma fila de ônibus voadora numa estrada neblinosa de Goiás, todos indo, a seu jeito, além do possível. Os últimos três ônibus conseguiram brecar. Desolados os sobreviventes, os veículos seguiriam de ré o resto da viagem, rumo a uma morte mais cômoda. O símbolo já estava dado. O país não tinha mais salvação; era um fato.

Tocou o fone de novo.

Catarina? Ela e o halterofilista pobre de Nova York? (Na verdade, era de New Jersey).

Áime, um candidato a dublê. Ai êmê ráte you, mi amigo! Capisce? We ááre fortelésse withoussi héri, bãte ai muchi mors! You understênde êt, bíti?

Que porra. Lembrava bem de Áime, dono dum nariz fálico, que já apontava tudo. Ele dava seu recado na ligação. Lembrava dele às costas de Catarina. Estava pelado. Catarina, é amor, mas é pegajoso, hein, querida? Por que não nos vestirmos todos agora?

Felizmente, havia malandros bons na América e lá eles gostavam de dinheiro também, claro. Dinheiro limpo — o meu. Gente clara, sem ondas, entidades cristalinas. Encontrei um, um brasileiro, era o Cláudio Fonseca, um detetive particular cujo nome devia soar bem estranho naquelas terras. Fonseca me dera o histórico todo do *hermano* de Porto Rico e me relatava sobre a situação geral daquelas duas rolinhas de amor lá nos estrangeiros. À minha custa.

Lembrei-me daquela videoconferência-piada para tratar dos primeiros detalhes do meu escalpelamento. Catarina estava fresca e linda no dia, eu achei. Estava já meio "elevada". Vi uma cerveja americana às costas dela, algumas garrafas vazias. Ao fundo, claro, duas garrafas de vodca. Era para abrir o apetite para a noite. Áime ia pagar caro, a começar pelas Wyborowas e pelas Absoluts. Seriam caixas. Toma essa, Áime, toma.

Os detalhes da separação eram chatos, sobretudo para mim.

— Gostou do que conseguiu, seu babaca? Han? Tá me ouvindo, seu merda?

Era Catarina. Seu estilo, sua presença de espírito, seu vulcanismo em vídeo, seu senso de oportunidade, sua beleza. Oi, amor. Você tá ótima hoje.

Ela se aproxima da tela em desafio:

— Vai tomar no...

Eu estava sentindo falta dessa vitalidade bruta e direta de linguagem.

Espaço, o que ela queria. Espaço! Ela queria espaço de todo jeito. Num mundo superpovoado, era uma moeda útil.

Calma, amor. Pode falar, então. Fale aí, aproveite a chance.

— Vá tomar no seu...

Viram?

Lembrei-me também daquela outra vez, quando eu estava sendo aborrecido oficialmente sobre os trâmites a serem seguidos, por mim, o doido, e por ela, a perua, no bendito divórcio. Tudo bem, amor. Respeito sua individualidade.

Catarina, lá nos EUA, sorrindo, interrompe de novo a cantilena do advogado.

— Seu escroto! Vem me dar tiro aqui, vem, babaca! Vem! Seu bandido! Estelionatário! Velho idiota!! É tudo falso... doutor, os documentos desse traste.

O advogado deu a bronca leve de praxe nela. Leve não ia adiantar, doutor. O advogado dela era outro brasileiro, cidadania norte-americana. Vivia nos EUA desde os 28, duas mulheres, uma depois da outra, no caso: esperto, econômico. Eu tinha a ficha toda dele também, Alves Falcão. Um pilantra a levar a sério o personagem. No fundo, você não tinha defesa, Falcão.

Peguei você no ar, Falcão.

A teleconferência seguia, eram oito da manhã. Quase processei todo mundo por aquilo ser tão cedo. Eu sou um escritor e não tenho tempo a perder com enredos velhos, ultrapassados. Estou sendo atacado por uma carrada de ideias ótimas aqui. Agora... vocês me dão licença? Podem encurtar essa palhaçada?

— Ba-baaaaaa-caaaaa! Ba-baaaa-caaaa! Me livrei de você, seu traste.

— O mesmo, amor. O mesmo, amor... de sempre. Doutor Falcão, assim não vai dar! Exijo um certo profissionalismo mínimo.

— Vá... profissionalismo é o &%%%, seu monte de %%%, vá tomar no...

— Dá no bumbum, doutor. Ela fica até sóbria.

Os xingos dela, então, quase davam para ouvir fora da transmissão pela rede. Você quase ouvia os palavrões gritados direto lá do norte, sem microfones. Algumas palavras deixavam Catarina em média histeria, sutil histeria ou daquele jeito. Era saber dirigir a profissional e conseguir extrair das cenas uma emoção de fato impactante meio justificadora de toda uma espera, de toda uma vida em comum. Incomum.

Áime acompanhou, coitado, do jeito que podia. Emendou alguns outros tabuísmos de trás da telinha do *notebook*, em inglês e espanhol. Fui diminuído em três línguas, antes das dez da manhã. Não dava. Eu ia ter um estômago difícil o resto do dia e uma dor de cabeça estrilante.

Talvez, Áime devesse usar os termos que usou com a família dele, ela poderia entender alguma coisa. Eu não entendi uma sílaba, juro, nem em espanhol.

Tive de concluir: os hominídeos tinham uma dicção ainda pouco apta aos palavrões de hoje em dia. Nossos xingos eram sofisticados demais para aquelas bocas ainda crescendo. Latir, por enquanto, seria mais eficaz, Áime. A gente entende, au, nós estimamos você.

O cretino emendou outras bobagens de lá. Também não entendi bulhufas. Parecia fumado de *crack*.

— O Áime está com problemas, querida. Dá apoio pra ele.

— Você não sabe nem quem é, seu babaaaca!! Ba-baaaa-caaa!!! Ba-baaa-caaaa!

O Falcão estava tendo trabalho, uma manhã complicada. Num certo momento, Catarina caiu do sofá de tanto gritar contra mim.

Não ri porque era pouco. Não teve nem sangue em cena.

Quando terminou a reunião à distância, as únicas coisas a terem ficado claras tinham sido: 1, a distância... era boa medida; 2, eu paguei caro com Catarina e pagaria ainda mais sem ela; 3, era a vida, segundo o Direito Civil; 4, não era justo, era justiça.

Meu sono ficou um pouco nervoso (por mim), depois dessa. Eu dormia de maneira intermitente, parecia estar escrevendo aos trancos. Acordava meio pesado e cansado e não parava de bocejar durante o dia. Uma fase difícil.

Por favor, Catarina, não me xingue pelo menos no sonho. Tenha essa comiseração.

— Cala essa boooocaaaa, seu doido de pedraaa!! Babaaacaa!

Eu não sabia quem eu era. Ela sabia, tinha certeza sempre. E, no sonho, começava a cantarolar uma espécie de hino de torcida, contra mim, tão bonito:

— Ba-baaa-caaa! Ba-baaa-caaaa!!

Áime era amante latino por estereótipo, por físico, por prazer e profissão, descobri mais essa ainda. Nas horas vagas, e eram muitas, no caso do desgraçado, ele atuava de dançarino de clubes de solteironas e em despedidas de solteira, chás de cozinha (as *bridal showers*). Pode ter sido michê, nada difícil. Sempre no ramo do entretenimento, ele também tentava a sorte vestido: apavorava de coadjuvante em produções B, C e D (eram um terror, certamente) e apostava suas fichas mais altas mesmo no cassino dos dublês. Os dois, ele e sua "noiva", logo iriam à

Califórnia de uma vez. O sonho dele era jogar no Olaria e na reserva do goleiro estava bom, me pareceu.

Pensei vermelho, russo: que tal ele pular duma *tower* qualquer de lá, nu? Não, as sentenças lá fora eram salgadas demais para não bilionários. E, desse jeito, era inevitável: vivo, Áime, o pelado, seria meu "herdeiro" também, junto da Catarina. A vida nos pregava balas inesperadas mesmo, nem sempre na nuca.

Tânques a lóte, éssehole.

De nada, pequenos bagos.

Eles que se danassem.

Tudo tinha um sentido, um fim. Eu havia acabado de acordar de novo, vinha de novo daquele mesmo lugar, vocês sabem. O cão de franja latia, eu me afastava para onde nem sabia. Eu sabia estar ali, em casa. O fim estava próximo?

Uma hora... fui reparar, então: o telefone andava exclamativo! Ele tocava, parava. Aproximei-me e vi o número na telinha do identificador. Ruiva!

— Adivinha quem é, Souza! Força, vai...

Não, não era Ruiva. Uma voz de malandro paulista. É você, Melles? Eu quero matar um, cuidado. Você está bem mais próximo, pela Dutra.

— E aí?

E aí...? O que um caipira de Barretos, um mano de Osasco, um chapa de Botucatu, um brôu de Sertãozinho, um caipora de Dracena fazia... na casa da Ruiva, naquela hora da manhã? E por que esse ser me telefonava de lá?

Melles? Não matar era problema.

Souza! Difícil dizer o que significava esse "Souza". Número certo, mas engano.

O malandro podia ser do *show business*. Um sertanejo *heavy metal*, um *rapper* de Brotas ou Ribeirão.

— Souza? Cê tá na linha, mermão? Ham? Souzinha? Que saudade, ré ré.

Hi.

— Cadê a Ruiva?

— Ué? Cê não divinhou ainda, não, Souzinha, seu trouxa?

Sinceramente, não. Adivinhar o quê?

— Divinhou não, mano? Ham?

Não, peão. Bom, eu já sabia mais ou menos de onde vinha o problema. A região. Vinha dalgum lugar entre Piracicaba, Limeira, Sorocaba, Araras, Santa Bárbara d'Oeste... Monte Mor, Nova Odessa, Pardinho... Tietê, Catanduva, Cafelândia, Tupã... Rancharia, Araçatuba, Olímpia, Sertãozinho, Cajobi, Matão, Bragança, São João da Boa Vista, Amparo, Dracena, Vinhedo, Várzea Paulista. Um mistério de grandes metros quadrados. Estava difícil de saber de onde aquele retroflexo todo vinha. A composição da caricatura era clara: ela vinha a cavalo, vestida de bandeirante do mato e falando: vosmecê me sai da frente e me abre a porllteira, polr gentileza, senão vai porl cima e é morlte.

Onde mais puxavam o érre na terra?

Quem era... Souzinha? Peão de Pardinho, tente me explicar dentro do personagem e eu tento improvisar e oferecer muitas possibilidades, muitas opções e "n" motivos para você estar na casa da Ruiva e me telefonar, chamando a mim de Souza. Vamos lá, é trabalho em equipe. E eu mando, equipe. Sua vez.

Ouço a voz de Ruiva, ela ao fone:

— Não vem, Alberto. Eles mataram a Mora! Uma bala, ela morreu...

E começou a chorar manso, um fio de voz desesperado e despedaçado a terminar o clima da tragédia molhado. Lamento fúnebre. A cor do filme mudou.

— Como é que é?

Mataram? Não parecia ser um golpe chinfrim de presos malandros.

O sujeito não eliminaria Ruiva. Ele até podia dar uma pancada na cara dela, mais uma. Vai que. Ela precisava... estar viva até eu chegar lá, um filme conhecido. E dos que doem, como sempre.

Eu antevi o caso ali, uma narrativa em imagem, um filme cujo objetivo final haveria de ser matar o autor do livro chupado no roteiro. O autor do livro, daí, morto ao final, no piso da cena clara — a moral morta no final. Sobrariam imagens fortes destinadas a sobreviverem para todo o sempre, sobraria o autor sem nada mais a contar. Nem lhes conto, manos. Um enredo a ser desenvolvido. Não daria tempo, lamentei.

Literatura, a história em 4-D. Uma vantagenzinha antiga.

Mora morta. Por quê?

Eu.

Ruiva amava Mora! Até eu amava Mora. Nem dava para dimensionar direito aquilo e... como Ruiva deveria estar se...

A morte era real e a morte real era o ponto final do autor. A última batida do bendito coração, e lá vai embora a Mora, ela e sua beleza madura indecifrável.

— Não vem.

E lá vai o Souzinha... uma incógnita para ele mesmo, a começar pelo nome. Mora estava morta por minha causa, bem provável.

Minha culpa?

Eu não me lembrava de nada. Menos ainda do Souzinha.

Ouvi já agora de longe Ruiva gritar:

— Não vem!!

— Escuta aqui, ô sua besta! Queremos você aqui dentro de uma hora... passou disso, a outra piranha morre! Entendeu? É papo reto, sem enrolação. Deixa os seus machos aí, esses seguranças com cara de cachorro louco de estimação... entendeu? Deixa esses trouxas aí que o negócio é entre a gente... Souzinha. Diz que vai passear e fazer cocô no lugar deles, sei lá! E não se atreva a trazer uma porra de uma arma pra cá. Nem um alfinete enferrujado, entendeu, amigo? E vem pra cá.

Os seguranças podiam ser úteis, nessa hora, Mazzaropi. Eles podiam ir carregando as alças do caixão, eu já lá dentro do caixão, todo embalado, terno escolhido com pressa precisa para a ocasião. Seria uma entrega para presente rápida, sem dor, para ninguém — para que mais, não é? Não ia precisar nem da gorjeta pra os meninos de terno. Eles iam armados, claro, só que o morto ia já em paz. Pás, manos, pás.

— Pra facilitar, eu já posso chegar no gelo pelo carro pra vocês. E, por relação, vai um uísque junto, pras comemorações.

— Cê tá muito loco, Souzinha. Ham?

— Naturalmente, sim.

— Pera aí... cê tá acreditando no seu papo furado mesmo, né? Sabe com quem cê está falando agora?

— Bom... eu sou um desconhecido, mas você é mais.

— Você vem... ou a puta lésbica aqui... sifu, entendeu? É esse que tá falando.

— Uma função.

— Você que sabe! Uma hora pra você, Souzinha! Lembra quando eu chamava você assim, paspalho?

— Graças a algum Deus, não. Esquecer foi uma bênção, dessa perspectiva.

— Cê tá de brincadeirinha, mano? Ham?

— Não. É das grandes.

Ouço um tiro. Doeu no ouvido. E no resto.

— Quase acertei na perna da vagabunda. É o seguinte, Souzinha... seu tempo já tá contando. Vem, vai ser divertido!

Vai, sim. Para o meu biógrafo.

— Estou saindo.

Para nunca mais. Dizia aquele corvo e, eu, feito papagaio, ecoo.

— Achou que a gente não ia saber nunca de você, hein? Culpa sua, em vez de se escafeder... resolveu... dar uma de macho pra cima dos donos. Eu, hein! A culpa é toda sua, Souzinha. Achou que ia se dar bem... e se ferrou de vez... faz parte, tá no seu *DNA* isso! Se ferrar conosco. Vai ser a segunda. Você não aprende?

— Não, eu lembro de você, sim.

— Ah, é? Tá lembrando agora? Que bom.

— Sua mira nunca foi lá essas coisas, não é? Acertei?

Uma pausa de cansaço e ódio e depois:

— É... a gente vai dar um jeito nisso hoje.

— Você não aprende?

Ele desliga ríspido. Eu fico com o telefone fixo dependurado na mão, parado. Meu Deus...!

Era meu passado ligando e ele não estava num bom dia, muito estranho. Ah, sim, demorou a chegar. Se tudo não for um engano muito excêntrico, eu era o... Souzinha, o Souzinha, aquela besta. Que vergonha. Minha memória não deve ter aguentado e, por isso, deliu geral a informação. Obrigado, memória, vou me lembrar, até o fim, dessa isenção amiga, dessa proteção duradoura.

Souzinha. Sou eu, o Souzinha. Meu Deus, talvez eu merecesse a morte mesmo. Algo me dizia isso, vai ver o som.

Lógico, lógico, eu não iria sozinho na empreitada. Ia com meu pelotão de fuzilamento próprio. Jamais iria ao inferno desarmado também. Não sejam bestas, manos. Meus oito seguranças foram em seis. Eles vinham num carro atrás, afastados. Seguindo meu carro e o carro dos meus seguranças — muito provavelmente, a PF, de novo. Esse pessoal desconfiava de tudo e era eficiente nisso. Bem-vindos ao tiroteio, então. O Souzinha agradecia. Éramos todos bandidos mesmo, os brasileiros, segundo os PFs, e eles desconfiavam a sério de uma coisa: eu inventava tudo o que estava em meus livros por alguma razão, a razão não era uma boa razão. Decerto, era muito fora da lei (e não tinha razão nenhuma para isso) os policiais todos não conhecerem esta razão. Um pensamento estranho e reto — eles tinham... razão, de certa forma. O Souzinha estava por trás de todos os meus enredos e ele escondia um segredo tão terrível e ilícito que aterrorizava para além-estado: ele estava vivo.

O resto, ocultação.

Eu era o Souzinha, contudo era perigosão. Eu tinha um passado... de amizades perigosas. Cuidado aí.

A morte viesse, manos, sobre os merecedores (meritocracia até o fim, creio). Ela fosse justa, nos entornos da justiça. Souzinha! Aberrativo. Se eu pudesse, até eu atirava no Souzinha.

O céu subia cor de chumbo, tudo tinha a ver. Chuviscava grosso como balas do céu. Deus usava de grande calibre sobre sua gente e o gentio, aqui embaixo. Não sei, melhor chamar o Bope. Continha armamento mais pesado e uma mira mais entre a testa e o coração. E tinha o Caveirão. Fuzis não me faltavam, todavia. E eu iria morrer impecável, terno branco, todo ele de linho, coisa finíssima. Eu nascera até sem nome e ia morrer noutro patamar.

Morrer na chuva, limpo, metaforicamente também funcionava e dizia a verdade. Afinal, o que, além de limpo, eu era, hoje em dia, não importando quantas balas, pontos e Catarinas tivesse levado na cabeça?

Decerto algum bom oportunista literário visse na história uma oportunidade política e compusesse uma narrativa baseada na minha morte, ou um cordel. Ou fizessem uma balada ou acacetassem um *funk* fúnebre, *Mano Souzinha Terno Rosinha*. O branco do linho e o sangue misturado — vocês entenderam. Outra vez morrer, destino não falha. Ai, que dor de cabeça. A cabeça começava a latejar de novo.

Quem era eu? De algum modo, eu já soubera duma coisa: descobrir me custaria a vida. Ali estava, escrito e feito.

Eu devia ser de Piracicaba. Sertãozinho? Piraporinha? Aguaí, Sorocaba? Barretos, Pardinho, Botucatu? Piedade, Limeira, Campinas? Esse era o interior da verdade.

A vida se lembraria de mim, então. Eu deveria estar morto, ela diria. Eu atiraria na cara dela a minha versão, a 9mm.

— Souzinha, é você, cara? Saudade, velho! Verdade. A gente queria muito encontrar você. É bom encontrar os amigos, não acha, não?

Na entrada, um minuto atrás, um dos malandros me revistara. Ele me revistara muito mal (ainda bem) e estivera às minhas costas ao longo do corredor extenso da casa de Ruiva. Parecia rir contente.

A sala de estar fantástica de Ruiva abriu-se diante de mim e Mora estava caída no carpete, morta de fato, morta há algumas horas. A posição era indigna. Ruiva estava no sofá ao lado, as pernas para cima, horrivelmente. Havia uma marca enorme de sangue bem na sua barriga, à altura do umbigo.

Tudo parou diante de mim, o ar, eu trombei no real denso e ali fiquei chocado. Tudo estava no fim ali, eu estava praticamente... além deste ponto. Eles também estavam. A esperança não tinha sobreviventes com que contar naquela cena. Nem eu.

A única mulher que eu amei.

Única pessoa?

Gostei um pouco de mim? Éramos inseparáveis, eu e eu, sei disso, todavia nem me amei tanto assim. Senão, não teria havido a Catarina, por exemplo. Agora, no último capítulo, bem sei. Foi a força da gravidade da sobrevivência a esmagar o eu presente e o fundamento de vida, eu — um contra o outro. Acabamos uma equipe, não um casal. Eu e eu.

Ruiva... o que eu vou rezar agora?

E o Chico Picadinho doido queria conversar comigo.

— Não pudemos esperar pra festa, Souzinha. Já matamos sua outra amiga de uma vez. A primeira moça morreu feliz, né, pessoal? A gente mandou ela beijar a dona ruivona ali... e a gente deu o tiro, um só. Ela estava chorando, mas foi um final de livro feliz. Uma puta despedida, Souzinha. Um beijo mesmo de despedida. Ó, o malandro ali, aquele que revistou você, gravou a cena toda no celular. Vai vender, Tomás? Ham? Ela sentiu quase nada, não se preocupa.

A consternação me parecia geral, não se escutava som nem das ruas. A exceção era... o sujeito.

— Dando pinta de escritor, hein, Souza? Nem sabia que você sabia ler. Parabéns. Mandou bem.

Agora morto por dentro também, neste caso, grande problema. Vai ver um fantasma ainda atue e assuste. Era o que me restava, o residual da retaliação. A história tinha acabado.

Ele era um psicopata jeca robusto, era grande e forte. Era feio e tinha seu charme jeca de homem grosso do mato ali perto. O desgraçado miserável, puto e acéfalo apresentava um focinho adunco e uma cara meio alongada e ao mesmo tempo... quadrada. Aquela cara aguentaria muitas machadadas de um machado sem fio, antes de ser a moral da cena. Era o retrato de um depravado do interiorzão, bigode preto, cabelos brancos apenas do lado, algumas mechas grisalhas. Mataria qualquer um pela frente, em especial por trás. Eu, você, nós. Eu arrancaria a sua pele com ácido e palha de aço. E filmaria tudo? Não.

Desolação, o pós-apocalipse ali.

Me perdoe, Ruiva. Não.

— A gente já matou você uma vez, Souzinha... você sabe como a gente é prático e... às vezes é rápido demais, hein, pessoal?

Falaram da poltrona:

— Demais, mesmo.

— São os negócios. Eles aparecem, a gente faz. Nem conferimos os dados direito, uma certa vez, não é, gente? É a nossa vida, matamos um peão por dia.

— Não lembro de nada.

— Ah, é? Sorte, hein, Souzinha? Deus não esqueceu ele, pessoal. Protegeu o Souzinha. Que patrão bom.

Olhei para os dois corpos de novo, meu Deus, uma tragédia sem perdão nenhum. Ninguém aqui restaria perdoado. Havia um gelo, ele corria nas veias, era frieza. Era o fim, tudo dependia agora de, no momento certo, antes de o corpo simplesmente parar de frio absoluto, tudo esquentar. Fogo era boa pedida. Fogo. Bastava a oportunidade certa. Difícil o plano no meio dos improvisos dos fatos.

Sorocaba ou Matão (ou talvez São José dos Campos) estava na minha frente e sorria tal qual um matador ingênuo: mataria além do pago até, era vocação. Jeca Tatu era um pesadelo e ao mesmo tempo era a farsa do pesadelo. Era nada. Senti a dor de cabeça piorar muito, minha vista turvou-se, meu estômago deu pontadas, feito fosse coração. Faltou quase pouco para eu começar os engulhos.

— Se divertiu tirando uma onda da nossa cara, nesses anos, Souzinha?

— Deveria...

— Sua voz tá muito diferente. Que é isso, Fortes Souza? Ham? Tá querendo me enganar? Olha a cara dele, pessoal. Cadê aquele sotaque bonito da Mooca com Osasco, Souzinha? Ham? Você era um malandro babaca que, enfim... se deu mal, mas acontece, cara. E virou isso aí? Isso é preconceito com a classe, hein? Esqueceu quem é, é?

— É.

Mooca com Osasco. Uma pista relevante.

Matão abre um sorriso cínico, de novo. Era quase inocente ao querer como que uma cena sob a moldura de duas mortas. Eu já havia apertado o botão no interior da manga do terno, os meus homens de preto já deviam ter trazido mais moral à cena. Já deviam estar ali, fuzilando todo mundo. E... não estavam. A chuva lá fora estava forte.

Sua vocação de verdade era a caveira, Pirapora, assim decifro sua vida, em contrapartida.

— Olha só o Fortes Souza, pessoal. Meteu um terno branco invocado... tá todo grisalho. Putz, você envelheceu uns trinta anos, cara. Como é que pode? O cara tá acabadaço, mano! Olha pra mim, eu tô firme. Você tá quase morto, Souzinha, cê tá fodido! Cara, matar você vai ser um alívio pra nós dois.

— Que alívio.

— Você parece um desgraçado de um velho fodido... e rico.

Decifrou meu presente também, mano peão. Hoje você está extrapolando. Seja quem você for.

— É linho isso aí? Da boa, hein? Olha só o Souza, pessoal. Ele chegou longe depois de morto! Um cara de fibra, de linho. Até o sapato do infeliz é chique. Isso é couro de boi de estimação. Olha aí, gente. É de boi bem-tratado. E... tá todo acabado. Por fora, o príncipe; por dentro, o sapo.

— Não me adiantou nem o monte de princesas.

— Um burguesão velho, rico e sem-vergonha, que inventa mentiras pra levar algum do bolso, direto da manada. Decifrei a sua parada? Você devia ter vergonha, Souzinha. Pera lá. Quem te viu, quem te vê, Fortes Souza. Tá até corajoso agora, é um outro patamar.

Do sofá, agora assistindo à tevê e comendo pipocas de micro-ondas, um dos homens da quadrilha sorriu:

— O mano subiu na vida. Vamos nos mirar nele. E mirar nele.

— Ele inventou ele mesmo e tá acreditando agora na história. Ô, Souzinha, ser doido deve ajudar nisso, né?

Eu só ficava ali a matar o tempo, balas inúteis, então. Cadê a cavalaria?

— Achou que ia enganar os caras mesmo, não tô falando? Daí meteu uns livros pra ensinar os caras a fantasiarem que, mesmo eles sendo umas bestas, podiam se dar bem igual. É a autoajuda das bestas. Matei essa também?

— Lendo ou não, você não entende igual. Daí, melhor não ler, mesmo — é sabedoria isso.

— ...... Mesmo besta, todo mundo pode se dar bem no final, essa é a moral do Souzinha. Você foi longe, mano velho. Até que chegamos aqui.

Lá da poltrona, Tomás e seus cadelos comiam agora pedaços de *pizza* tirados direto da geladeira de Mora.

— O Fortes Souza evoluiu na parada.

— Esquecer vocês foi importante na caminhada. Obrigado aí... por tudo. Não vou esquecer.

— Parece um coroné da Bahia, o cara. Olha pra essa figura. O coroné Souzinha, pessoal. Dá uma olhada.

Eu mandaria me matarem, se o fosse.

De novo, direto da poltrona:

— Já veio de terno pro velório.

— Faz sentido. Você ainda sabe imitar aqueles caras todos? Hein? Você era bom nisso. Divirta a gente, vai.

Eu imitava?

Humm... Meu Jan Moraes! Ele era eu?

— Veja só, hoje me imitam de todo lado. Deve ser... desses acertos de conta da vida.

— A gente é seu fã, sabia? Quer dizer... a gente, não. Na verdade, é a filha dum certo cara... ela é que é sua fã. Sabe quem é? Ela comprou sua porcaria pras bestas... daí leu a porcaria, coitada da moça. Depois... ela contou pro papai a história do livro. No livro, tinha um escritor muito figura, pai, a história é assim...

E o papai quase infartou no meio da janta. A culpa de não ter matado você direito foi um golpe duro pra ele, praquele tubarão rico desgraçado. Cuidado com o cara, tem mais dinheiro do que muitas cidades juntas.

Bom, teve mais ainda, a filhota tubaroa do papai tubarão, inocente, coitada, ainda foi mostrar a porra da sua cara feia na foto do livro... pro papai dela. Olha que erro. Aí, sim, foi que ele infartou de vez.

— Mesmo longe, eu tenho um grande apelo ao coração das pessoas.

— ..... Dois meses na UTI, a sua cara saiu caro pra ele, Souzinha. Ele ainda teve uma complicação nas pernas, teve trombose. A complicação se complicou e ele teve de deixar uma das patas no hospital. E ainda teve de pagar o plano de saúde.

— Daqui todo o meu apoio. Ele chegou a agradecer ao doutor? Pois eu faria.

Gangue do Mal Menor, cadê você? Sobreviver sem ela vai ser cada vez mais difícil aqui.

— Aquele cara lá tem bom... apoio no mercado financeiro, na bengala e nos filhos dele. Se preocupa, não.

— Tudo bem, só comigo, então.

— Ele teve de se adaptar à prótese, não foi fácil. E nosso amigo tubarão agora... agora ele quer que você dê o seu autógrafo aqui ó, no livro da menina. Hein?

Cadê os caras, meu Deus?

— Vai assinar? Ah, vai? Tem caneta aí? Olha só o Souzinha agora é famosão, pessoal. Olha, ele escreve mesmo, mano. Não é computador, não. Vai fundo, Fortes Souza. É isso aí. É a última linha do livro.

Caro tubarão perneta, em vosso olho, minha caneta.
Lembranças de um morto que vos sorri,
Alberto Camilo,
Rio, 14/04/2024

Um riso que parecia uma poesia.

— Uma boa síntese. Devo mais uma ao sinhozinho. Como é o... nome dele mesmo?

— Não acreditei quando vimos você na internet, naquele *site* doido, Souzinha. Uma carreira de letras e fotos e numa foto você tá usando... uma meia franja na testa. Não acreditei, isso dá pesadelo em matador, Souzinha. Olha só essa miséria. Deus meu!

Mostra no celular.

— Homenagem a um aumigo.

— Tá certo. Bom... Souzinha, a sua bobagem toda exagerada lá matou você, nem fui tanto eu. Não foram os esquemas no detalhe... O problema maior foi o medalhão da história, hein? O santo nome em vão dele, Souzinha? Não, né? Agora deu nisso, eu aqui tendo de furar as suas tripas, também.

Ele aponta às duas.

"Matusalém". Era o vilão da história.

— O tubarão quer saber: onde você foi buscar essa informação? Hein? Quanto foi?

— ... A velha sorte?

— Matusalém era apelido de infância do homem. Ele tinha cabelo meio loiro e meio branco desde bem novinho, daí virou Matusalém na sala de aula. Uma bobagem. Ele começou a estudar na escola meio velho também, antes era só em casa. Coisa de rico com fru fru. Você deve saber disso também, não é? Matusalém — da Vila Ema pro mundo. Pro Congresso, pra patifaria de alto rendimento, pras falcatruas com papéis do governo... pro pó. Pra também vender o país... e lucrar um montão.

— Subir no inferno é ainda subir. Parabéns pra ele.

Mas a anestesia doeu.

A arte de acertar inventando até onde a mente pode ir, do sórdido ao glorioso, é mais velho que... Matusalém. Deva fazer sentido.

— Conserta o erro, Mota. Vai lá e conserta a porra do seu erro. E já! Senão, eu conserto ele e você. Falei: sem erro, chefia. Sem erro, diabo. Foi o telefonema dele pra mim, três semanas atrás. Eu não gosto de telefonema assim. Culpa sua também.

Mota. Era o nome do jeca-peão. Fiquei gelado de ódio e morte, ao mesmo tempo. Minha termodinâmica estava confusa. Já eu — nem um pouco. Mira e morte.

O olho preto da arma dele cresceu à minha vista.

Tudo continha fim, menos o fim. Vai ver o começo também.

Vi de novo as pernas para cima de Ruiva. Senti o fino frio do fino cano da arma na minha manga direita. Nem revistar eles sabiam. Não à toa, pelo menos Mota ia... sem cérebro para o além. Podia ser bem-aceito assim lá.

— Tudo é culpa de quem mesmo, pessoal?

O bando responde das poltronas, onde, já sem pipoca, assistia ao futebol na tevê de Ruiva.

— Do Souzinha!

Deve ser mesmo.

De súbito, ruído pesado lá do quintal da casa. Eram eles, até que enfim. Meu pelotão de fuzilamento entrava na casa, as marcações do palco seguidas agora. Um atraso letal.

— Tem gente de tocaia lá fora e entrou gente pelos fundos.

— Quem é, Duque?

— Não dá pra saber.

— Você me trouxe a PF pra cá, Souzinha? Hein?

— O mal da fama... Motinha. Essa gente... me persegue.

— Um morto famoso.

O tiro veio sem Mota olhar à minha cara. Era a prática, ronaldamente olhar à direita e lançar à esquerda. Não houve tempo hábil para eu engatilhar a minha 22. Dessa vez, as balas foram parar no peito. Lá foi ele, explodiu, todo varado. O colete não resistiu, não deu jeito.

Voei longe. Um fio de sangue começou a escorrer da minha imaginação e, dali a pouco, o fio se tornaria rio, apenas um dado de realidade objetal, igual meu corpo. Eu estava no carpete. O carpete pelo menos era um macio final. Eu morria vazando.

— Agora vê se morre direito e fica morto aí, Souzinha. Faz esse favor! Até pra você, desgraçado.

Outro tiro. Mais outro. Aí, ferrou.

Eu era só o... Souzinha, um criminoso paspalho ex-imitador de todo mundo, ex-amigo do Motinha e, pra ferrar de vez, ex-jagunço do tubarão perneta. A vida e seu rosário de decepções. Começou com um furo na cabeça, passou pela Catarina e terminou com a mera realidade de cenário, sobre um carpete bege. É duro.

E você nem existiu, ao menos segundo sua opinião.

Fiquei caído, sem vontade de cair mais e sem proposta física alguma de me levantar. Minhas pernas esfriavam-se aos poucos, o frio subia colubrino pelos calcanhares. Eu era um ser de súbito muito mais velho, eu me encarquilhava no chão da sala de estar de Ruiva, no fim dos fins. Olhava as duas mortas. Eu merecia... mas o Mota também. O meu dia D chegava tarde.

— E aí, Duque?
— Estão cercando. Vaza, pra ontem.

Azar, deles: os fundos da casa eram meus. Quero dizer, Ruiva havia me contado daquele muro velho, pintado e repintado, riscado de musgos, bem lá no fundo do quintal. Era gigante, só que, um detalhe: parecia firme... e não era. Se alguns homens empurrassem, usando um pouquinho de força a mais, ele cairia fácil. Era do século XVIII, pelo que parecia.

Na frente, devia ser a PF mesmo. Homens a bisbilhotarem onde eu tinha ido parar. Eram ciosos de seus suspeitos, cadê o Alberto Souzinha? Eu não haveria de ter evaporado? Sabia-se lá?

Do fundo do quintal, lá veio ela — a cavalaria, minha tropa mercenária, os soldados do feudo, a guarda nacional do Alvoradinha, fuzilando tudo pela frente. Eles derrubaram o muro cheios de cuidado em abafar os ruídos. Essa não deu. Por que haviam demorado tanto? A casa vizinha, outro segredo de Ruiva e Mora, era vazia mais ou menos dez meses por ano. Ali morava um casal de velhos brasileiros morador, na maior parte do ano, da Itália, Florença. Só se... os velhos não estivessem lá na Itália agora, pensei comigo. Eles podiam ter voltado e a entrada pelo vizinho poderia ter sido, então... um pouco forçada. Desculpa a invasão aí, vovó, mas... é do bem. Não o seu.

Comecei a ouvir a artilharia, uma fuzilaria cerrada danada vinda do quintal gigante. Quem matava mais? O quintal primoroso de Ruiva era um minibosque todo florido; desculpe por isso também, Ruiva. Olhei para ela e cheguei a sussurrar. Senti cheiro de pólvora e de sangue fresco, sangue ordenhado na hora.

Os tiros vinham vindo, corriam, prosseguiram até a entrada da cozinha toda superequipada de Ruiva. Um pitéu, um orgulho das donas.

E, adivinhem, quem, do nada, chegou pela sala de novo? Na ânsia de querer sair pela porta da frente ou pela lateral da sala de estar?

Mota! Um líder de verdade até fugia à frente de todos. Outra verdade feiosa e verdade.

Mota estava um pouco cheio de pressa, no momento, nem olhou mais aos seus mortos. Olhasse, Mota. A 45 dele ainda fumegava, ele todo fumegava. De suas narinas parecia de fato sair um fumo qualquer, uma névoa branca equina. Sua camisa tinha um rasgo e havia uma pincelada comprida de sangue nela. Decerto, um dos capangas da quadrilha tinha levado um tiro bem dado, e o sangue pichara a camisa de Mota. A vida era passageira, Mota, o sangue, nem sempre. Essa marca nunca sairia daí. Uma despedida forte, deve ter sido uma pintura. Foi o Duque?

Mota, de repente, me constatou ainda vivo. Mota, olhe eu aqui de novo. Nem é culpa sua, tampouco minha — é um talento. Do tempo?

O mecanismo funcionou perfeitamente. Meu momento James Bond: havia uma 22 magra no meu antebraço direito, ligada a um sistema retrátil. Uma mola, um pulo, a arma surgia por mágica simples na palma da mão. Este James Bond aqui achou, não ia se salvar, contudo... matar depois de duas vezes morto era milagre em fogo e chumbo. Eu ia desprezar a chance desse recorde? Não, né?

Errei o primeiro tiro na cara do Mota. Ele mandou sua bala de lá. Ela entrou desta vez só no meu colete. Mandei o segundo tiro, errei. Ele deu sua resposta no sofá, que sobreviveu também.

Acertei.

Sua cara de espanto não entendia o resto do corpo. Ele segurou a garganta, a boca explodida. O sangue pulava dali, da boca do Mota, cheio de decisão também de fuga e ao sangue ninguém seguraria. O carpete todo em volta foi ficando vermelho. Difícil dizer adeus, eu sei, Mota. Digo eu por você, então: adeus, paspalho.

Ele disparou mais uma vez, dessa vez espatifou-se a vidraça lateral, sem danos precisos. Mota caía, os olhos reviravam-se; primeiro foi se apoiar de costas à parede; depois, escorregou por ela; ainda atirou uma, duas vezes, ao ar. Tiroteio com um morto não rende, ele aprendeu rápido. Mota ia agonizando, suspirando fundo, deu a última tragada deste ar sujo de grãos, gás carbônico, pólens. Morreu a olhar à saída, no fim, uma morte significativa. Às vezes, o estatuto vem tarde. Atirei mais uma vez, acertei. Adeus, olho direito do Mota. Ficou uma graça.

Da quadrilha, o único que conseguiu escapar vivo, naquela tarde, foi o sujeito chamado Papo, imaginem. Papo conseguiu fugir ao pular o muro, porém foi bem difícil para ele — sem o pé para apoio era complicado andar reto e cometer estrepolias. Pulou o muro e... sumiu, sem ter mais uma das pernas, a partir da canela: não esqueceria o dia, esquecesse a perna. O desmembramento fora por causa da granada do Tomás, um dos meus seguranças. Tomás adorava lança-granadas, filmes do John Ford, morteiros e *shows* pirotécnicos. Explodir era tão bonito, até entendo.

O resto dos malandros do Mota foi simplesmente fuzilado, dizimado, virou fumaça, pó, nada, ar, pocinha, gosma no quintal, peneira, adeus. A verdade era, um pelotão de fuzilamento a favor fazia diferença.

Fabiano é quem me contava os detalhes da ação do pelotão. Eles precisaram invadir a casa do vizinho de Ruiva e o casal de velhos que morava na Itália estava uma temporada no Brasil. O velho estava (bem) armado e teve de ser contido, amansado. O Juliano teve de ficar de olhos nos dois velhos, uma arma na cara deles, para evitar as denúncias erradas e garantir um fuzilamento seguro da nossa parte.

O terno de Fabiano estava todo molhado da chuva e respingado de sangue. Ele olhava muito preocupado à minha barriga. O sangue não parava.

Eu vazava de todo lado, morte em minutos? Ela deixaria marcas.

Difícil viver... e morrer. Difícil se despedir e chegar, permanecer e se dissolver no tempo. Milagre da vida e da não morte eram parecidos, no final das contas. Final das contas. Como elas ficariam, depois da Catarina ficar com tudo? Questões cifradas. Ruiva não me parecia tão horrenda na morte mais, mas ela merecia mais. Fabiano foi lá e arrumou as duas no sofá. Ruiva parecia olhar para mim, entendendo tudo da morte. Um anjo.

Eu também entenderia. Um anjo? Não.

Compartilhando propósitos e conectando pessoas
Visite nosso site e fique por dentro dos nossos lançamentos:
www.novoseculo.com.br

facebook/novoseculoeditora
@novoseculoeditora
@NovoSeculo
novo século editora

gruponovoseculo.com.br

1º edição
Fonte: Bely